真實幻境

衛斯

自序

人在地球生物之中最怪異的是：每一個人都不一樣，而且每個人的性格都複雜之極。

這種情形可以從許多角度去揣測，這個故事用了其中的一個。

取笑人的話中有「人頭豬腦」這一句，不是開玩笑，有些人可能腦中眞有豬腦的遺傳成份在。以此類推，人腦中各種生物的遺傳成份如何，大抵可以在他的行爲中多少看出一點來。閒來無事，不妨替有些人找一找，可發一噱。

倪匡

一九九七、七、三〇

三藩市

目錄

一、生命形式的改變

我參加了一個研討會，這個研討會的主題是「生命形式轉變的可能性」，研討會由一家大學主持，參加者主要是來自世界各地的生物學家，這家大學的生物主任，是研討會的召集人。

本來我對於研討會這類活動，沒有甚麼興趣。因為我認為這類活動唯一的結果是浪費了參加者的時間。尤其是實實在在可以拿出東西來的科學家，不應該把時間浪費在這種活動上，人的生命期限很短，應該儘量把時間用在可以有實際結果的行動上。

這類活動，只適合甚麼經濟學家、哲學家之類的所謂學者參加，而且他們對這種活動特別有興趣，因為他們這種人對學術所謂的貢獻，本來就全是空口說白話，根本拿不出任何實在的東西來，種種他們所謂偉大的成就，全是他們這類人在自說自話而已——至於居然也能迷惑一些人，那也不足為奇，因為世界上有的是笨人，會去相信那類所謂學者的理論。

而我之所以終於會參加這個研討會，是基於兩個原因。

第一個原因是我對於「生命形式的轉變」有着實際的經歷，不但知道有從地球人的生命轉化為外星人的生命，而且對於地球上的生命轉變，也有一定認知，我曾經把那段經過記述在《原形》這個故事中。

只不過在《原形》這個故事之中，有着不能破解的神秘部分。雖然我——應該說我們，包括了白素和紅綾在內，我們都十分懷疑故事中的主要人物何可人，雖然以人的形體在活動，可是實際上她卻是一條蛇！

也就是說，這個「人」是蛇變化而成的，是蛇的生命形式經過了轉變，變成了人。

（著名的傳說中的「人物」白素貞和小青就是如此。）

而在《原形》這個故事中，對於這一點卻未能絕對確切的肯定，只是從各方面的情形來推測，達到了這一結論而已。

所以在事後，白素和紅綾曾花了大量的時間，去作進一步的求證，我沒有參與她們的行動，也不知道過程如何——當然沒有結果，因為要是有結果，她們一定會告訴我的。

所以我也很有興趣聽一聽來自世界各地傑出的生物學家他們的意見。

第二個參加研討會的原因，是研討會的召集人，大學生物系主任親自上門來邀請。

這位生物學家的名字是韓正氣，確然人如其名，外表看來正氣凜然，不像是科學家，倒像是爲理想而可以拋頭顱灑熱血的革命家。他用熱情洋溢的一番話來邀請我參加研討會。

可是我給他的回應只是搖頭。

我拒絕的理由很簡單：「我不是生物學家，去參加這種每個參加者都具有專業知識的研討會，根本說不上話，沒有意思。」

韓正氣卻鍥而不捨：「我知道你對生命形式的轉變持肯定的意見，這次研討會有一部分參加者卻完全不承認生命形式有轉變的可能，所以需要閣下參加，給那一部分人通通竅——以你的經歷去說服他們，比任何專業知識更有力，因爲我們討論的主題超越現有的知識範圍。」

我還是搖頭：「對於沒有想像力的人來說，現有的知識就是一切，任何現有知識範圍之外的事情，都是不可能。也幸虧這類人永遠只能跟在有創造能力的人屁股後面走，不然人類文明就不會有任何進步了。」

韓正氣對我的議論表示同意：「所以你要去，令這類人開開竅！」

我不禁哈哈大笑：「這類人要是有竅可開，也不會成長爲現在這等模樣了，別說是我，只怕把各路神仙一起請來，也同樣沒有辦法令他們開竅！」

韓正氣又花了至少二十分鐘時間，企圖說服我而仍然不成功，他才嘆了一口氣：「陳耳說得眞對，他說你是全世界最難請的人，他說如果我能夠見到你，已經不容易，要是能請得動你，他就不姓陳！」

我怔了一怔：「你認識陳耳？」

他口中的這個陳耳，是一位東南亞國家的高級警官，是我的好朋友，曾經許多次給我很大的幫助，我欠他的情甚多，所以一聽到他的名字，我就動容。

韓正氣回答道：「他是我的表親，上個星期我們見面，說起想請閣下參加研討會的事情，他說除非他寫信請你參加，不然我一定請不動你。」

我忙道：「他有信給我？」

韓正氣這才取出一封信來，我伸手搶過來，打開一看，只有兩行字：「舍親韓正氣，想請閣下參加一個研討會，盼於允准，謝謝。」

有陳耳這封信，別說只是參加一個研討會，就算再複雜困難的事情我也不會推搪，我一面忙不迭點頭，一面道：「你怎麼不一來就把信拿出來？」

韓正氣苦笑：「我以為我可以請得動你。」

我就把自己對這一類活動的觀感說給他聽，並且進一步表示意見：「像這次的研討會，我還是認為根本沒有作用，生命形式是不是有可能轉變，是要靠實實在在去研究，而不是開幾個會，大家發些言，就可以達到目的的。」

韓正氣對我的話並不完全同意，他道：「我們這個會目的並不是要達成生命形式的轉變，而只是研究生命形式的轉變是不是可能。在肯定了可能的情形下，才能展開研究。」

我大搖其頭：「這簡直是脫了褲子放屁，多此一舉。以為不可能的人，就讓他以為不可能好了。以為可能的人，大可自己進行研究，何必要他人同意？」

韓正氣給我說得答不上來，瞪大了眼望着我，神態甚是滑稽，過了一會才道：「會期就在後天，現在想取消，也來不及了。」

我笑了起來：「這次不必取消，下次不必多此一舉就好了。」

韓正氣苦笑：「我召集全世界生物學家來開會，也有一點私心，我和蘇格蘭的一位生物工程學家，杜迪博士合作，創造了一項生物學上的奇蹟，想在全世界生物學家的聚會中公開，那樣就可以一下子震驚天下！」

他這樣說，倒引起了我極大的興趣，忙問道：「你們創造了甚麼樣的奇蹟？」

韓正氣卻搖頭：「我和杜迪博士協議，一定要在會上，和他一起向全世界公開，事先不能向任何人透露。」

他在這樣說的時候，大有「你想知道是甚麼奇蹟，就非要來參加研討會不可」之意。

我心中暗罵了一聲，心想算你運氣好，有陳耳的介紹信，不然，就憑這種賣關子的態度，我就會把你趕出去。

當下我淡淡地道：「好，那就到時候再看吧。」

韓正氣十分高興，搓着手，把出席證交給了我，就告辭離去。

當時我想生命形式的轉變，就是一種生物，變成了另一種生物。幾乎所有的情形都是其他生物變成了人，不會是一隻狐狸忽發奇想，想變成一隻青蛙。

在這裏，我必須先作一些說明，在明白了這些事情之後，對以後故事的發展就不會感到那樣突兀。

我對生命形式可以轉變當然持肯定的態度。

任何生命形式都由生命密碼決定。

科學家對生命密碼的研究，早已開始，而且也有了初步成績。生命密碼藏在細胞內的脫氧核糖核酸（DNA）之中，人有人的生命密碼，蟋蟀有蟋蟀的生命密碼。或者說，正因爲有了人的生命密碼，所以生命形式才是人；因爲有了蟋蟀的生命密碼，所以生命形式才是蟋蟀。

生命密碼可以視作爲一組數字——這組數字由多少位數組成，還甚至沒有概念，不過在想像之中，位數一定極多。因爲生命密碼和生命密碼之間，有極少的差別，生命形式就截然不同了。人和黑猩猩的生命密碼有百分之九十九點九相同，就是零點一的差別而已，可是這零點一的差別，反映在生命形式上，就是人和黑猩猩的差別了！

明白了這一點，就可以假設理論上只要能改變生命密碼，就可以改變生命形式。

也就是說，只要把黑猩猩的生命密碼改動百分之零點一，改得和人的生命密碼一樣，黑猩猩的生命形式就會隨之改變，變成了人。

理論上這樣的說法，完全可以成立。

可是在實際上，人類現在的科學水平，即使在理論上，稍爲缺乏想像力的人，也無法接受，更不用說付諸實現了。

然而我相信，地球人做不到這一點，並不代表宇宙之間沒有別的力量可以做到。而且我相信，就算在地球上，也有許多生命形式轉變的例子，這些實例，都由地球之外的力量形成。

地球之外的力量用甚麼方法達到生命密碼改動之目的，當然非我所能知道，因爲我是地球人，所知的一切，不能脫離地球人知識的範圍，無法在實際上超越。可是任何人的想像力，卻不一定受他所生活的星球的影響，可以無限制地擴展。所以我可以（大家都可以）使自己的想像力離開地球範圍，去想像宇宙中自有能力可以改動生命密碼，使生命形式也隨之改變，而且這種情形，在地球上發生過許多許多次。

這種生命形式改變的情形，有的甚至於有相當正式的記載，在中國這種記載特別多。只可惜這種記載在沒有起碼的想像力的一些所謂科學家的眼中，只是荒誕不經的神話，而絕不去想一想它們所記述的情形，正是生命形式改變的實例！

在那些古代典籍的記載中，所記述的生命形式改變的實例，可以分成四類。

第一類是人改變成比人的生命形式更高層的生命形式。

我一直認爲比地球人層次更高的生命形式是各種外星人的生命形式。

這一種改變，稱之爲：「成仙」。

在成仙的過程中，地球人是「凡人」，外星人是「神仙」。成仙的過程，就是地球人轉變爲外星人的過程。

由於外星人有許多種，所以成仙的過程也有許多種，種種不同，不能一概而論。

在我的經歷之中，至少已經有兩種不同的成仙過程，一種記述在《神仙》這個故事之中，另一個則甚至於是我的親人——白素的母親陳大小姐。而原振俠醫生的好友，身分特殊的海棠，也變成了外星人。

古代記載中，成仙的故事極多，任何人都可以非常容易地接觸這些記載，這些記載並非甚麼秘本，有專門的神仙列傳之類的著作。

第二類生命形式的改變，是除了人之外的任何動物，改變成爲人的生命形式。也就是說，任何動物，譬如說狐狸、青蛙、蛇……等等，通過了生命密碼的改動，而得到了人的生命密碼，牠就變成了人。

這樣的改變，稱之爲「成精」。

成精的過程也形形色色，有許多種。舉例來說，其中有一種是靠動物本身修練，而方法是「吸收日月精華」——這種方法，在古籍中也有很多記載，可惜語焉不詳，無法知道具體內容，不過既然提到「日」和「月」，可知必然和地球以外的星球有關。

這一點和我假設外星人早已掌握生命密碼改變的方法，相當吻合，當非偶然。

很有趣的是，雖然任何動物都可以成精，但是在所有動物之中，在記載中成精最多的動物是狐狸，以致於「狐狸精」成為一個專門名詞。

而在某些有很多狐狸成了精的地區，狐狸精甚至於和人在同一個建築物之中生活，而被尊稱為「狐仙」——我在少年時期，頗有些和狐狸精打交道的經歷。

第三類生命形式的改變，猜想其轉變過程，一定更加複雜，因為這一類是從植物的生命形式變成人的生命形式。

植物當然也有生命密碼，也由生命密碼決定它的生命形式。

植物的生命密碼和動物的生命密碼，差別一定很大，所以從植物變成人，當然過程更加神秘和複雜。

從植物的生命形式變成人的生命形式的例子，在古籍中也有很多記載，有趣的是各種花卉，變成的總是美麗的女子，而柳樹則大多數變成老嫗，不知道是不是受生命密碼轉變的極限所限制的結果。

第四類生命形式的改變，更加複雜。

在這一類改變之中，改變的一方是沒有生命的（一般看來如此）——譬如說，掃帚，從一般的觀點來看，當然是沒有生命的東西。然而掃帚也可以成精。再譬如說，玉石琵琶，是石頭製成的一件樂器，當然也不應該有生命，然而玉石琵琶也可以成精，成爲玉石琵琶精，這個玉石琵琶精在《封神榜》中佔有相當重要的地位。由此可以證明在無限的想像境界之中，任何東西都可以成精，可以通過一定的過程轉變爲人的形式。

深一層來想，這種遼闊無際的想像，也不是完全沒有根據。自從我發現在地球上，有三種異樣的生命存在之後，就更可以了解何以玉石琵琶也可以成精。

這三種異類生命是：山、氣、水。

山包括一切石頭，玉石是山的一個組成部分，山是生命，玉石當然也是生命。任何一塊石頭、一塊玉，和大山的關係，就如同一個人體細胞和整個人體一樣。

（古代人，甚至許多現代人，都相信玉有生命，他們未必可以接受地球上的山是一個生命體的這種觀念，他們對玉有生命的這種認知，當然是從實際體驗所產生的。也就是說，玉眞的有生命，在某種情形下，被人所覺察，所以才有「玉有生命」之說。）

既然是生命，就理所當然有生命基因，有生命密碼，可以通過過程改變，改變成人的生命密碼，所以玉石琵琶可以成精，變人。

至於掃帚成精，就更容易理解。掃帚看來沒有生命，可是它是用植物製成的，植物是生命，雖然在製成掃帚的時候，植物已經枯萎，可是生命基因還是存在的，自然可以通過過程改變，變成和人一樣，於是掃帚也就成了掃帚精。

以此類推，地球上不論任何生物和東西，不管看起來是有生命或者沒有生命，都可以進行基因密碼的改變，而轉變成人的生命形式。

這一些想法，都是在《原形》這個故事之後，我和白素、紅綾一起討論出來的。

雖然都是想像，可是我們都認爲事實也應該如此。

紅綾對這種生命形式的改變，特別有興趣。因爲在《原形》那個故事中，有蛇已經變成人的現象，更有一隻公雞正處於變成人的過程之中的現象，這是令紅綾特別感到興趣的原因。

雖然紅綾沒有向我和白素說，可是我們都可以猜得到，紅綾是希望通過生命形式的改變，使她的那隻神鷹可以變成人。

可能雖然她懷有這樣的希望，可是這種希望在地球人現有的知識範疇中看起來，卻是荒謬絕倫的事情，所以她怕我們不能接受，這才沒有對我們說。

紅綾和白素假定在《原形》這個故事中的那個養雞場，是一個有特殊條件，可以促成生命形式改變的地方，所以她們花了很多時間在那裏。據我的估計，雖然沒有結果，可是應該多少有一點發現。只不過她們沒有對我說，我也沒有問。

像這次這樣的研討會，白素和紅綾應該極有興趣參加。

可是三天之前，我外出回家，白素和紅綾都不在，只有白素的留言：我和紅綾有事遠行，可能很久才回，勿念。

我不知道她們到何處去，更不知道她們去做甚麼，也不知道她們要去多久。

這種情形，並非常見，不過我也絕不擔心，因爲白素和紅綾在一起，再加上和紅綾形影不離的那隻神鷹，恐怕沒有甚麼應付不了的困難。

這時候我感到很可惜，因爲她們不在，所以無法參加這個研討會。我感到可惜的時候，是我以爲在這個研討會之中，多少可以得益，當時我當然不知道研討會一開始就會有不尋常的場面出現。

到了研討會召開的日子，我準時到達，研討會在大學的一間大型會議室舉行，我走進會場的時候，已經有七八十人在，鬧鬨鬨地十分熱鬧。

看這情形，研討會還沒有正式開始，就已經有了劇烈的爭論。

在鬧鬨鬨的人聲之中，聲音最大的是一個大胖子，那大胖子身高超過一百八十公分，體重絕對超過一百公斤，挺着一個大肚子，聲若洪鐘，雙手揮舞，正在叫嚷：「恥辱！恥辱！眞是恥辱！我們都是科學家，卻會認眞地來討論這種完全反科學的題目，眞是莫大的恥辱！」

我走近去，看到他胸口掛着的名牌，上面印着的名字是湯普生教授，屬於美國南部一家名不經傳的大學。

凡是學術性的研討會，必然有各種不同的意見。可是像這種會還沒有正式開始，就來全盤否定的情形，也不多見。

不過大胖子湯普生的擁護者還不少，立刻就有許多附和的聲音。當然也有反對之聲，人叢中有人叫：「那你來幹甚麼？」

發出質問的人，也有不少擁護者，同樣的問題，至少有十多個人，也大聲提了出來。

大胖子神情更加激動，聲音也更洪亮，震得人耳中嗡嗡直響。他道：「我來，就是爲了要阻止這種恥辱！我提議，把研討會的討論主題改成《生命形式根本不能改變》，誰能改變上帝已經定下的生命形式？只有上帝才能！」

大胖子湯普生教授的話，有的人鼓掌叫好，有的人發出了噓聲。這時候我看到韓正氣走進了會場，神情很是氣憤，他甚至於像頑皮的小學生一樣，跳上了一張椅子，看來準備發言。

可是他才一揚起手來，在一個角落處，卻有一個聲音搶在他之前說了話。

那時候會議室中，吵鬧之聲不絕於耳，可是那個聲音一傳出，卻人人都靜了下來——那聲音並不十分響亮，可是卻刺耳之極，而且陰惻惻地，使人聽了不由自主感到一股寒意，所以人人都不由自主住了口，循聲望去。

我也同樣感到這聲音很是奇特，第一時間看過去，只見那人站在會議室的一角，在他的身邊沒有旁人，可能是由於他的外形叫人感到難以接近的緣故。

這個人確然很怪，他身形瘦小乾枯，一身黑衣，也看不出是甚麼款式，頭髮看來又短又硬，而且發亮，像是鋼絲。雙頰深凹，偏又長着一對招風耳，樣子眞是又怪又不討人喜歡。

我一眼就可以肯定，這個黑衣人必非常人，倒並不是在於他的一雙眼睛十分有神，在顧盼之間，簡直閃閃生光，而是在於他雖然瘦——體形只有湯普生教授的三分之一，可是看到了他，卻可以強烈地感到那是充滿了勁道的生命，精力之充沛，像是向他的周圍在膨脹，雖然無形，卻又實在。

相比之下，湯普生雖然個子大，聲音響，動作誇張，其實只不過是一堆肉而已。

這黑衣人一開口所說的話，也很合我的心意。

他道：「不同意本研討會主題的人，請自己去組織另一個研討會，不要在這裏搗亂！」

所謂「道不同不相爲謀」，既然意見根本不同，完全無法協調，何必在一起爭論不休，大家各行其事就是，你走你的陽關道，我走我的獨木橋，互不干涉，天下太平。

像大胖子湯普生那樣，明明完全不同意研討會的主題，卻硬要根據他的想法來改變別人的想法，這種行爲討厭之至。

所以我首先大聲喝采：「好！說得好，凡是不贊成本會主題的人，歡迎退出，別在這裏扮演小丑，浪費他人的時間！」

我相信如果沒有我和那黑衣人在場，包括韓正氣在內的那些學者，必然對大胖子湯普生和他的擁護者的攪局行動，無法有效的對付，因爲教授、博士，學問雖然好，卻都沒有對付無賴的經驗——拉不下臉來。

而對付無賴的唯一辦法，就是絕對不能客氣，不能留任何餘地。像我和黑衣人那樣，一開口就要把他們趕走，就最是乾淨俐落！

我的話出口，大胖子湯普生的反應很正常，可是黑衣人的反應卻古怪透頂。

先說黑衣人的反應。

他立刻向我望來，我們的目光才一接觸，他就直跳了起來，大叫一聲：「衛斯理！」

叫了一聲之後，他乾瘦的臉上，充滿了歡愉之情，像是剎那之間見到了親人一樣，而且張開雙臂，向我急急走來。

這種情形，令我很是訝異，因爲我可以肯定在此之前，我絕對沒有見過他。

不過在他向我走過來的時候，我也自然而然張開了雙臂，準備和他擁抱——因爲我第一印象這黑衣人不是普通人，現在這個印象更是強烈，我雖然完全不知道他的來歷，可是卻很願意和他做一個朋友。

就在這時候，有不少人附和我的話。大胖子大聲叫道：「韓正氣教授，你請我們來，你怎麼說！」

大胖子來勢洶洶，而那些和他意見一樣的人，更是大叫大嚷，看來他們事先經過準備，現在才來發難。

韓正氣有一個短時間手足無措，他向我望來，我向他點了點頭。剛才既然有我和那黑衣人替他打了頭陣，他再來應付，當然要容易得多。

所以他很快就定下神來，高舉雙手，大聲道：「我請各位來，是參加主題爲

《生命形式改變的可能性》的探討，每個人來的時候，都淸楚知道這個主題，對這個主題沒有興趣，根本就不應該來！這個主題絕對不會改變，沒有興趣者，現在退出還來得及，生命十分短促，不應該浪費在自己沒有興趣的題目上！」

韓正氣的話，引來了一陣熱烈的掌聲，不過我和黑衣人卻沒有鼓掌。因爲當時我們已經擁抱，他不但熱情擁抱，而且伸手用力拍我的背部——只有眞正的老朋友相會，才會有這樣的動作，我雖然有點莫名其妙，可是也被他的熱情所感染，同樣也用力拍着他的背部。

大胖子又吵了起來，吼叫道：「是不是不可以有反對的意見？」

韓正氣冷冷地道：「當然可以，不過討論的主題不變，各位如果希望參加，還有一點需要注意——請遵守秩序，我們全是科學家，不是無賴！」

韓正氣說得很嚴厲，在一陣掌聲過後，會議室中，總算靜了下來。

二、鴨子——母雞

韓正氣於是走上主席台，宣佈研討會開始。

那時候我和黑衣人已經分開，互望着，我等着他自我介紹——他知道我是衞斯理，而我卻不知道他是何方神聖。

看他的樣子，也正準備要開口。然而就在這時候，會議室中所有人都發出了聲響——聲響各有不同，有的人驚呼，有的人發笑，有的人怪叫，有的人甚至於吹口哨，總之是羣情洶湧，顯然有極不尋常的事情發生。

我和黑衣人卻由於剛才沒有注意周圍的情形，所以不知道發生了甚麼事情。

我們立刻四面觀看，同時聽得大胖子叫道：「大家注意，韓正氣教授要變魔術！」

大胖子的話，引來了一陣轟笑聲。

這時候我也看到引起轟動的原因了。

事情確實很不尋常，因爲在主席台上，一個青年正把一隻籠子放在一張桌子上，籠子之中，是一隻鴨子，那鴨子身子不是很大，大約只有兩個月大。

而韓正氣教授正把雙手按在籠子之上，看來像是想把那隻鴨子從籠子裏抓出來。

儘管他的神情十分嚴肅，可是他這時候的樣子卻是滑稽到了極點，再加上大胖子剛才的話，他看起來眞有點像魔術師，所以會議室中一大半人都嘻哈絕倒，怪叫之聲不絕。

我身邊的黑衣人也道：「他想幹甚麼？」

我也不知道韓正氣想幹甚麼——研討會擺明了有人要找麻煩，他應該步步爲營，小心翼翼才是，卻如何胡鬧起來？

這時候，忽然又有一個人，匆匆忙忙，連跑帶跳，氣急敗壞的衝上了主席台，連聲道：「對不起，我來遲了，對不起！對不起！」

他一面說，一面向台下各人鞠躬，一面還抹着汗，不但狼狽之極，而且其滑稽程度，也達到頂點。

所有人爆發出來的笑聲，更是驚天動地。

在哄堂大笑聲中，也夾着一些人的叫聲：「杜迪博士怎麼了？」

這使我知道，這時候遲到了的那個人，原來就是韓正氣的合作者杜迪博士。

杜迪博士並非默默無聞之輩，在生物學，尤其是最新的生物工程學上，大大有名，是頂尖的科學家。可是這時候他的情狀，卻有九成像是馬戲團裏的小丑。

大胖子湯普生更趁機大叫：「魔術師的助手到了，魔術表演即將開始，請大家靜一靜，別妨礙魔術師表演，好好欣賞！」

他越是叫大家靜一靜，衆人就笑得更加厲害，有的人一面笑，一面還忍不住重重頓腳，有的更不斷拍打桌子，以致會議室中雖然不到一百人，可是發出的聲響，卻已經超過了人的聽覺系統所能忍受的程度。

這時候那種混亂的狀況，韓正氣和杜迪博士顯然根本無法控制，眼看這個研討會就要變成一場鬧劇。

我看到有幾個人，顯出十分不以爲然的神情，走向門口，看來準備拂袖而去。

我迅速轉念，如何才可以控制這種場面，還沒有想出辦法來，我身邊的黑衣人突然大叫一聲。

那一下叫聲，駭人至於極點，連我也忍不住嚇了一跳，那聲響簡直不可能是人所發出來的，像是從天上突然打下了一個焦雷一般，剎那之間，所有人自然而然都靜了下來。

而黑衣人在發出那一下叫聲的同時，身形展動，向主席台掠去，快捷無倫，望向他的人，都只感到眼前一花，他人已經帶起一股勁風，到了主席台上。

黑衣人一上了台，趁衆人還沒有定下神來，繼續出聲之際，就厲聲道：「大家都不是小孩子，怎麼連守秩序都不懂，太丟人了！」

在場的至少有一半以上是大學教授，或者大學校長，可是黑衣人卻聲色俱厲地責斥他們，把他們當成小學生一樣！

也正因爲如此，所以衆人一時之間都反應不過來，人人面面相覷，連一心要來拆台的大胖子湯普生也不知道如何才好。

而台上的韓正氣有了這一個空檔，他吸了一口氣，大聲叫道：「大家請看！」

他一面說，一面已經伸手進籠子，抓住了那鴨子的脖子，把鴨子提了出來，鴨子在他手中掙扎，韓正氣也大有手忙腳亂的樣子。

剛才由於黑衣人的行動，而靜得一點聲音都沒有的會議室中，又開始了嗡嗡的人聲，看來另一場驚天動地的轟笑，立刻就要爆發。

可是突然之間，所有的人，又一起靜了下來，而一陣很奇怪的聲音，從主席台上傳了下來——所有人都是因爲聽到了這聲音而靜下來的。

那聲音是在韓正氣鬆開手，把鴨子放在桌子上之後，才發出來的。那鴨子離開了韓正氣的手之後，全身抖動了幾下，令身上的羽毛鬆動——這正是禽鳥的習慣性動作，很是正常。可是那鴨子在抖動身子的同時，還發出了一陣叫聲。

本來那也很正常，然而那鴨子發出的卻不是「呱呱」聲，而是一陣急促的「咯咯」聲。

就是那陣「咯咯」令得正在騷動，又想發出轟鬧聲的人，一下子靜了下來的。

聲音其實一點也不古怪——那只是極其普通的母雞的叫聲而已。可是母雞的叫聲，卻從一隻鴨子的口中發出來，那情景卻是怪異莫名，不但足以令人靜下來，而且還能令人汗毛聳立！

接下來情形的怪異程度更甚——那鴨子不但發出了母雞的叫聲，而且當韓正氣放了一把米粒在桌上之後，那鴨子竟然企圖用牠那扁平的嘴，去啄吃那些米粒！

鴨子的扁嘴，當然不適合在平面上啄吃米粒，所以牠不能成功，那令得這隻鴨子十分着急，發出一陣又一陣「咯咯咯」的叫聲，在桌子上來回走動——牠走動的樣子也完全不是像鴨子那樣搖搖擺擺，而是完全像一隻母雞。

這種情形，看在眼裏，給人十分妖異的感覺，所以在場的人雖然議論紛紛，可是都自然而然壓低了聲音。

至少在五分鐘之後，才有人高聲發問。

在場的全是生物學家，那鴨子才一出現，由於實在太出乎意料之外，所以大家才爲之震懾，等到定下神來，略想一想，就可以知道是怎麼一回事。

首先提出問題的人，就一下子問到了問題的中心，他高聲道：「天！你在基因上玩了甚麼花樣？」

韓正氣向身旁的杜迪博士指了一指，杜迪博士雙手揮動，回答了這個問題：

「我們，我和韓正氣教授，把雞的生命基因換走了鴨子的生命基因，結果就形成了一隻以爲自己是母雞的鴨子！」

杜迪博士的回答，雖然可以說幾乎在所有人的意料之中，可是仍然引起了一陣騷動。

把一種生物的基因替換另一種生物的基因，在生物學的理論上早已經被提出來，事實上在世界各地第一流的生物實驗室中，也早已產生了經過基因的轉換而形成的生物，只不過這種現象，實在很驚世駭俗，所以生物學家在有所顧忌的原因下，實驗都在不公開的情形下進行。

韓正氣和杜迪博士的成績，由於突如其來呈現在各人面前，所以起了戲劇性的作用。

等到大家了解是怎麼一回事之後，感到意外的情緒平復了下來，就立刻進入了討論的狀況。

大胖子湯普生首先道：「這不能算是生命形式的改變！」

（在這裏，我必須就這種基因轉換而形成的生物加以一些說明。就在韓正氣在會場上展現他的「母雞——鴨子」之後不到一小時，就有生物學家向全世界公佈了這種基因轉換而形成的生物，成爲全世界新聞媒體上的重要新聞，凡是看報紙的人，都應該留意過這一則新聞。）

（在那則新聞裏，通過基因轉換形成的生物是「雞——鵪鶉」，就是把鵪鶉的基因換走了雞的基因，所以那隻雞發出的叫聲，是鵪鶉的聲音，是一隻自以爲是鵪鶉的雞。）

（所以我說這種情形在生物學家的實驗室中，並不罕見，而且過程也不算複雜，幾乎只要有足夠的設備，任何生物學家都可以做得到。）

所以大胖子提出的這一點，立刻得到了很多人的同意。

韓正氣立刻回答：「這種情形，當然是生命形式的改變！」

大胖子顯得很激動，走上了主席台，和韓正氣展開爭論。而在台下，持不同意見的人，也各自爭論，刹那之間，其混亂的程度，簡直難以形容。

在這種情形下，我除了搖頭之外也別無他法。那黑衣人在這時候來到了我的身邊，道：「看來這裏的混亂，會一直延續下去，我們何必和這些書呆子在一起？我有要事和賢伉儷商量，找一個安靜些的地方如何？」

他雖然就在我身邊，可是由於人聲實在太嘈雜，所以他也必須放大了喉嚨叫嚷。

我立刻點了點頭，和他一起衝出了會議室。

出了會議室所在的建築物，就是大學的校園，草木扶疏，環境優美，和會議室中的雜亂不可同日而語。

我和黑衣人都自然而然鬆了一口氣，相視而笑，黑衣人和我一樣，胸前並沒有掛着名牌，所以我仍然不知道他是甚麼人。

而他也立刻感覺到我的疑惑，他指着自己：「我叫金維，是彝族人。」

我聽了，自然而然發出了「啊」的一聲低呼，連忙伸出手來，握住了他的手，用力搖動。

我這種反應，顯然是一聽就知道他是甚麼人，而且由衷的表示很高興能和他見面。

所以他也十分高興，同樣也用力搖動我的手，在他又瘦又黑的臉上，有極其興奮的神情。

說實在的，即使在不久之前，我聽到了他這樣的自我介紹，絕不能一下子就想起他是甚麼人來——當然如果他再把自己介紹得詳細一些，或者讓我好好想一想，我還是可以知道他是甚麼人的。但如果這樣，他一定不會像現在那樣高興。每個人都希望人家知道自己，雖然金維這個人奇特無比，也不能例外。

而我之所以一下子就知道了他是甚麼人，和白素成了非人協會的會員有關。白素成了非人協會的會員之後，我對非人協會當然也加以更多的注意，所以對六位非人協會的老資格會員，又在最近重溫了一次他們的主要事跡。

而彝族人金維，正是非人協會六位老資格的會員之一。

在非人協會之中，金維可以說是最神秘的人物，他究竟有甚麼超越的本領，並沒有確鑿的記載，只知道他經常出入在康藏高原一帶，對那一帶的地理環境極之熟悉，而且是所有喇嘛廟中的常客，這一點和我以前認識的一位攀山專家，和有「亞洲之鷹」稱號的羅開很是相似。

我知道他的事跡，比較詳細的是他曾經向非人協會推薦一頭大鷹成爲會員——理由是這頭大鷹，極有可能曾經長時間和外星人共處。

他和那頭大鷹的故事，也是非人協會故事之中最神秘的一段，十分離奇，熟悉這個故事的人，當然會同意我的說法。

如果你未曾接觸過這個故事，也不要緊，雖然我現在沒有法子一下子把整個故事介紹出來（這樣做太費篇幅），但是在如今這個故事的發展過程中，可以逐步了解以前發生過的事情。

有了我最近研究過非人協會老資格會員的這個原因，所以我一聽到金維自報姓名，就像是遇到了老朋友一樣。

我們熱烈握手，我道：「我們才離開貴會總部，在那裏沒有見到閣下。」

金維道：「我接到消息，說賢伉儷在非人協會總部，連忙趕了來，結果也沒有趕上，知道要見到閣下，不是容易的事，所以眞是喜出望外！」

我搖頭：「閣下只要報出姓名，沒有見不到的人！」

金維也搖頭：「不然，不然，我想見一個人，努力了五年之久，還沒有見到。」

我大是訝異：「這太古怪了！比剛才見到的那隻鴨子還要古怪，那人是誰？」

金維立刻道：「原振俠醫生。」

我聽了，不禁倒抽了一口涼氣，苦笑道：「自從五年前，他在宇宙航行中失蹤之後，沒有人可以見到他，那是例外。」

金維也苦笑：「那是另外一件事，現在見到了你，我這件事可以解決了。」從他的話中，可以聽出他對我充滿了信心。我連忙先聲明：「我也不一定可以解決你的問題。」

這個事先聲明大有必要，因爲像金維這種特殊人物，居然也有他不能解決的問題，這問題一定絕不簡單，不是一定可以解決得了的。

金維聽得我這樣說，哈哈大笑：「我這問題，實際上不是要靠你解決，而是要令嬡幫忙。當然如果你幫我說話，大小姐沒有拒絕的道理。」

我笑了起來，心中卻十分奇怪，不知道紅綾能給他甚麼幫助。我把這個問題提了出來，金維道：「請帶我去見她，你就知道我有甚麼問題了。」

我搖頭：「可惜之極，她和她母親不知道上哪裏去了！」

金維怔了一怔，神情在剎那之間變得十分沮喪。我道：「請先到舍下坐坐再說。」

金維想了一想，點頭答應：「也好，有很多事，先和你商量也是一樣。」

於是我們就不再理會那個研討會，一起回到我家。

到家之後，第一件事情就是讓他看白素的留言，他苦笑：「眞是不巧之極！」

然後我取出一瓶酒，才一打開瓶塞，金維就叫：「好酒！」

我笑：「這酒極烈，是紅綾從苗疆弄來的。」

金維看來很嗜酒，他甚至於連吞了幾口口水，才道：「不烈，不能稱爲酒！」

我道：「紅綾要是聽到了這句話，一定把你引爲知己，不論你向她要甚麼幫助，她一定答應。」

金維聽得我這樣說，十分高興，可是他卻顧不得說話，一伸手，從我手中搶過了酒瓶，對着瓶口，喝了一大口，長長地舒了一口氣，又叫了一聲：「好酒！」

然後才道：「我要向她借她那隻神鷹一用，她也會答應？」

我怔了一怔，一時之間，不能立刻回答。

我眞的沒有料到金維要紅綾幫助的是要借她的神鷹！

如果神鷹是屬於我的，我一定毫不猶豫，立刻答應。其實我也相信紅綾會和我一樣——她比我更豪爽，絕非小器之人，可是那神鷹和她之間，感情極深，已經不是人和禽鳥之間的感情，而是人和人之間的感情了。

在這樣情形下，紅綾是不是願意把神鷹借給別人，我就不敢百分之百肯定。

金維當然立刻看到了我的猶豫，他「啊」的一聲：「她會不肯借？」

我解釋道：「在她的心目中，神鷹等於是她最好的朋友，她或許會不肯……因爲把好朋友出借，好像有點不正常，至少她一定要弄清楚你想要她的神鷹去做甚麼。」

我知道金維是一個極好的獵人，如果他聽說紅綾有一隻神鷹，要借來去打獵，那麼對紅綾來說，就會認爲是對神鷹的侮辱，不但不會肯借，而且會不歡而散。

所以我把話說得很委婉，相信金維是聰明人，一定會明白我的意思。

金維果然明白，他笑了笑：「我說要借神鷹，實在不當——太不尊重神鷹了！應該說，我要借助神鷹的能力，也要借助紅綾姑娘的能力，幫我解決很多年來困擾我的問題。」

一聽得他這樣說，我立刻道：「那就絕無問題，她十分樂於助人，何況是閣下這樣的人物！」

金維鬆了一口氣，連喝了三大口酒，不等我再發問，就道：「若干年前，我也曾和一隻鷹有過一段經歷，想來你也知道？」

我點了點頭——他的那段經歷，用最簡單的方法來說，是有一次他在西藏遨遊，忽然有一頭大羊鷹把他抓了起來，飛向一座高峯的絕頂。

羊鷹是一種巨大的鷹——所有的鷹之中最大的一種，雙翅橫展開來，已經知道的最高紀錄是接近五公尺。而實際上有更大的，只不過人類接觸牠們的機會，大多數都是從望遠鏡中觀察牠們在高空翺翔而已，所以最大的羊鷹究竟可以大到甚麼程度，根本沒有人說得上來。

那頭羊鷹把金維帶到了高峯絕頂，在那裏金維發現一個怪人，那怪人身子很小，頭部很大，體溫極高，看情形正患着重病。

於是金維就帶着那個怪人，到了一家喇嘛廟中，找一位精通醫道的喇嘛替那怪人治病。

結果十分出人意表，過了幾天，那位喇嘛突然死亡，而那個怪人則不知去向。

而那個喇嘛在臨死之前，擺出了一個已經透徹領悟到了天地間最大奧秘的手勢——和黃教祖師宗喀巴在圓寂的時候一樣，表示已經成道。

沒有人知道那喇嘛和怪人相處期間發生了甚麼事。

而金維在那個高峯絕頂，還發現了兩副骸骨，大小形狀和那怪人差不多，而且在高峯上，還有激烈撞擊的痕跡。

於是金維推斷，那兩副骸骨和那怪人是一起從外星來的，由於發生了意外，兩個外星人死亡，一個外星人存活。

存活的外星人極可能靠了那頭大羊鷹的照顧，才活了下來，在外星人生病的時候，大羊鷹向金維求助。

所以金維更進一步推論，那頭大羊鷹和外星人有長時間的共處，相互之間一定有某種程度的溝通，那大羊鷹對外星人也就必然有一定程度的了解。

故此金維推薦大羊鷹爲非人協會的會員，因爲大羊鷹對來自某一個外星的高級生物有了解，這種了解，爲地球上所罕見，十分有價值。

而更重要的是，那位和外星人相處了幾天的喇嘛，看起來像是由於領悟到了極大的奧秘才無憾地死亡。由此推斷，那外星人可能輕而易舉地解決了一個喇嘛畢生研究想解決的問題，這問題極可能和人類的生命奧秘有關，因爲喇嘛所研究的課題，就是生命的循環、超脫等等在現階段超乎人類知識範圍以外的事情。

那外星人不知去向，所以金維想到，外星人在長期的相處之中，可能把這種奧秘傳授給了那頭大羊鷹，如果是這樣，那頭大羊鷹就已經知道了生命奧秘——這正是人類在追尋而毫無結果的事情。

金維向非人協會說出了他的計劃：他要找到那頭大羊鷹，設法和大羊鷹溝通，從大羊鷹那裏，得到有關生命奧秘的知識。

這種情形，實在是匪夷所思至於極點。不過非人協會既然號稱「非人」，行爲古怪，理所當然。

據說從那時候起，就再也沒有人見過金維。

金維當然是去找那頭大羊鷹，拜大羊鷹爲師，學習生命奧秘去了。

我把金維的經歷迅速地想了一遍，多少已經有點明白他想做甚麼了。他可能早已找到了那頭大羊鷹，可是顯然那麼多年來，他並沒有在大羊鷹身上得到任何有關生命奧秘的學問。顯然是人、鷹之間溝通困難，就算可以有普通的溝通，可是想要討論生命奧秘這樣深奧的問題，卻困難到了極點。

當他不知道從哪裏聽到紅綾有一頭神鷹，紅綾和神鷹之間又可以溝通，所以他就想到利用紅綾的神鷹去和大羊鷹溝通，然後再由神鷹告訴紅綾，由紅綾告訴他。

這樣的過程雖然迂迴曲折得令人嘆爲觀止，可是在理論上倒也可以說得過去。

我在迅速地想着，金維目光灼灼地望着我，忽然笑了起來，他顯然明白我的思路，所以他笑着道：「我的想法是不是有點異想天開？」

和聰明人打交道就是有這點好處——你心中想到的事情，不必再花時間向他說一遍，他就自然會知道你想了些甚麼。

我也笑：「異想天開——形容得眞好，不過也不是沒有可能，這個忙，紅綾一定肯幫，只是不知道她和白素甚麼時候可以回來。」

金維攤了攤手：「不要緊，反正我無所事事，可以等。」

我想了一想：「我自己也不知道甚麼時候忽然會離開，這樣，你要是不見外，就在我這裏住下，就算我有事情要離開，她們回來，你也可以第一時間見到她們。」

金維高興之極：「不見外，當然不見外，能在衞府作客，以後講出去也光采！」

我笑：「以爲你只是打獵行，原來說話更行！」

金維忙道：「我是由衷感到高興，並非巧言令色。」

我也看得出來，他很高興和我相處，我問他：「那頭大羊鷹在何處？」

金維咋舌：「我可不能把牠帶在身邊——牠太大了，站着比人還要高，牠在牠生長的地方。這些年來，我和牠已經成了好朋友，普通的溝通絕無問題，可是要和牠討論深奧如生命奧秘這樣的事，卻無法做到。」

我非常了解這種情形：「別說是人和鷹之間了，就算人和人之間，要討論生命奧秘這樣的事，如果對方少一些想像力，也都無法做得到。」

金維很有同感，連連點頭。

我又道：「現在我擔心的不是紅綾不肯幫忙，而是她的神鷹也不一定能夠理解這樣深奧的問題。」

金維伸手在臉上抹了幾下，現出很疲倦的神情：「無論如何總要試一試，已經無路可走了。」

我一面取來第二瓶酒，一面問：「你和大羊鷹溝通到了甚麼程度？」

金維喝酒：「我已經從牠那裏知道，那怪人從天而降的時候，有巨大的聲響和光芒，而且一共是三個人，兩個大人，一個小孩。兩個大人隨即死亡，在死亡之前，大羊鷹恰好在山頂，那兩個人給了大羊鷹強烈的信號，使大羊鷹明白牠要照顧那個小孩。而牠也一直在那樣做，直到牠感到小孩有病，便找到了我。」

這些經過，有的我知道，有的我非但不知道，而且無法想像。毫無疑問，這從天而降的三個人，都是外星人。

三、成精寶地

可以假設這類外星人已經有能力參透生命奧秘，可是難道那個小孩也有同樣的高深學問？

如果那小孩不是已有這樣的能力，又如何能夠令得那個喇嘛在悟道的情形下圓寂？

看金維如此鍥而不捨地想和那頭大羊鷹溝通，顯然是他認爲那怪人（外星人）曾經把生命的奧秘告訴了大羊鷹，所以他才想從大羊鷹那裏得到這方面的知識。

由於地球人對自己生命的知識是如此貧乏，所以地球人一直通過各種各樣的方法，想對自己的生命增加了解，金維這樣做，目的也正是如此。

不過我卻覺得他有點捨本逐末——那怪人在喇嘛廟失蹤之後，他爲甚麼不去找一找？

我把這個問題提了出來。

金維苦笑：「我怎麼沒有找過！我一找到了那頭大羊鷹就要牠帶我去找那怪

人，大羊鷹自己也想找那怪人，我相信他們之間有極深的感情，可是這些年來，我們幾乎找遍了康藏高原，卻沒有任何發現。」

他說到這裏，略頓了一頓：「我敢誇口，全世界人對康藏高原的知識加起來也不如我所知道的十分之一！」

金維的話確然誇張，可是我卻相信那是事實，因爲十多年來，他並不是一個人在那裏探險，而是有一頭大羊鷹和他在一起，大羊鷹可以帶着他飛，海拔幾千公尺的高峯，很容易就可以上去。

而且這些年來，金維和大羊鷹之間，一定配合得天衣無縫，金維極有可能在天上的時候多，在陸地上的時間少。

當我想到這裏的時候，我自然而然想起紅綾——如果她知道了這種情景，肯定心嚮往之，羨慕不已。

我向金維說出了這一點，金維也笑：「孩子聽到可以被大羊鷹帶着在天上飛，沒有不羨慕的，可是實際上滋味並不好，天上風大，城市裏的孩子，一上天就被風吹化了！」

金維這樣說，顯然他對紅綾的來龍去脈不是很了解，以爲她是嬌生慣養的大小姐了。

我忍不住哈哈大笑，把紅綾如何在苗疆當野人的經過，一五一十地告訴了金維。

金維聽得又是訝異，又是感嘆：「眞想不到她的遭遇如此之奇，只怕非人協會中也沒有人比她更離奇的了。」

金維本身是非人協會的會員，自然把非人協會看得極高。其實非人協會的會員雖然個個出衆，可是天下之大無奇不有，天外有天人上有上，比非人協會會員精采的人，爲數甚多，紅綾當然是其中之一。

當然這話我只是在心中想想，並沒有說出來。

然而金維這個人其機靈的程度，遠在我想像之上——我懷疑他多少會一點「他心通」的本領，他和密宗的喇嘛多有來往，這「他心通」正是得道喇嘛的本領之一，他會此道，也在意料之中。要不然他怎麼會知道我心中在想甚麼呢？

當時他顯然知道了我的心意，他有不同意的神色。然而我並無意和他爭論，所以我不等他開口，就繼續說下去。

我說到白素媽媽陳大小姐的故事，當然不是從頭說起，而只是說了她和外星人交往，自己本身也出現了「成仙」這樣的境況，因此紅綾在她媽媽的媽媽那裏，接受了連我都無法想像的豐富知識。

等我說完了這一段經歷，金維的不同意的神色，已經轉爲欽佩之至的神情。

他嘆了一聲：「多少年來，非人協會關起門來做皇帝，總以爲天下之奇，盡在其中，事實上眞的人外有人，單聽你這一段故事，就知道了。」

能夠令他心服口服，當然不容易，我也頗値得自豪。

金維感嘆了一陣，才道：「照這樣看來，生命形式確然可以轉變！」

我點頭：「當然可以——稍爲有一點想像力的人都可以接受。甚至於我認爲在那個研討會中持激烈反對態度的大胖子，他其實也認爲生命形式可以改變，只不過他認爲那是上帝的權力，人不應該挑戰上帝的權力而已。」

我又把發生在《原形》這個故事中的事，向他簡略地說了一說，金維更是聽得嘖嘖稱奇，感嘆道：「可是事實上眞的有不少人還是不能接受生命形式可以改變的說法。」

我笑道：「這不單是有沒有想像力的問題——」

說到這裏，我用手指了一指額頭，繼續道：「這是有沒有起碼的知識的問題。確然有一種人，我認爲是天生的缺陷，是一種腦部活動的障礙，有這種缺陷的人，對一切稍爲離開一個框框的任何事情，都認爲沒有可能。所以他們的一生，不但是實際生活，甚至於本來應該是無邊無際的想像天地，他們也固定在一個框框之中，不會超出半步。」

金維聽了，略想一想，就哈哈大笑起來。

他一面笑一面道：「我知道你曾經記述過《第二種人》——從植物進化而成的人，聽了你剛才的話，我發現能還有『第三種人』！」

我一時之間，倒不明白他這樣說是甚麼意思。

他立刻解釋：「這『第三種人』就是你所說腦部有缺陷的那種人，這種人大有可能是從昆蟲進化而來的，因爲昆蟲才是百分之百依照遺傳密碼來生活的，決不會有絲毫變更，一板一眼，死死地守着框框，不敢，也決不會想到越雷池半步！這種特性豈不正是昆蟲的遺傳？」

他這種設想，眞是令人絕倒，我也忍不住哈哈大笑。

和金維這種人相處，眞是賞心樂事，我們天南地北地閒談，不知道時間過了多久，直到兩人的酒意湧了上來，才自然而然歪倒在沙發上，沉沉睡去。

我只記得在臨睡之前，金維含含糊糊地說了幾句話，我想回答，已經睡意太濃，竟不知道究竟回答了沒有。

然而金維的話我卻記得很清楚，以致做了一晚怪夢。

金維說的是：「如果別的生物可以通過生命形式的改變而變成人……成精了……他們當然也會繁殖後代……他們的後代是人還是原來的生物……譬如說……一隻豺狼成了精，變成了人，他的後代是人還是豺狼？」

金維的這個問題，很難回答，就算我當時神智清醒，也一樣答不上來。

反而倒是在夢中，有了一些啓發。

我的夢境是：看到了一隻豺狼，在成精之後變成了人，對着我在獰笑，露出了滿口牙齒——當然已經是人的牙齒，而不是豺狼的牙齒了。可是他的全部神情，看起來是人，卻實實在在還是一隻豺狼。

我在夢中，忽然感到了一陣莫名其妙的恐懼——或者不能說恐懼，只是一種極度的厭惡和想嘔吐，因爲我發現在現實生活中，居然有很多很多這樣的人，不論他們掩飾得多好，總會在自然而然中流露出豺狼本性的神情來。

於是我在夢中看到了一大羣那樣的人，向我猙獰地大笑，發出的笑聲刺耳之極。

他們一面大笑，一面在叫：「我們是豺狼的後代，我們的祖先由豺狼變成了人，我們是人，可是我們有豺狼的本性，我們是豺狼的後代！哈哈！我們是豺狼的後代！」

也於是，我在夢中恍然大悟：豺狼雖然成了精，變成了人，繁殖了外形和人一模一樣的後代，可是豺狼的遺傳基因卻無法完全消滅，還存在他們的細胞之中，影響着他們的行爲如同豺狼，這就是爲甚麼會有些人和豺狼類同的原因。

我更明白，這種情形可以以此類推，是成精的豺狼繁殖下來的後代，豺狼的性格仍然存在。

是昆蟲成精後繁殖出來的後代，昆蟲的性格還在。

是軟體動物成精後繁殖出來的後代，當然不能要求他們能夠有使身體挺立的硬骨頭。

這就是爲甚麼有一批人，擁有各種各樣其他生物的性格，而獨缺人性的原因：因爲他們的祖先根本不是人！

第二天早上，陽光把我照醒，我睜開眼，朦朧之間，還彷彿看到許多藏着其他生物遺傳基因的人，在陽光下展露原形，五花八門，甚麼樣的東西都有。

夢境十分清楚，我跳了起來，想把夢境告訴金維，可是金維卻不在，在茶几上看到了他的留字：「突然想到一些事，不告而別，隨時聯絡。」

下面並沒有具名，只是用極簡單的線條畫着一隻雙翅展開的鷹，很是傳神。

他竟然說走就走，他有事情要紅綾幫忙，一定會再聯絡，可是我昨天和他的長談，雖然幾乎通宵達旦，然而卻是意猶未盡，他忽然走了，使我突然間沒有了談話的對象，不免像是全身都是氣力卻無處發洩一樣。

我把夢境又想了一遍，並且整理了一下——這是我的習慣，每當做了一些匪夷所思、淸醒時想不到的怪夢，我都會儘量把它記下來。因爲那是我潛意識的反映，並非完全沒有根據的事。

像我昨天晚上所做的那些夢，在經過整理之後，思緒又有新的發展。

我進一步想到，在漫長的生物的進化過程中，從單細胞生物開始，進化到了人的出現，每一個進化過程，都是生命形式的改變過程。

這種生命形式的改變過程，不斷累積，結果就是從單細胞生物變成了人。

這是生物學上公認的「進化論」，提出這個理論的是著名的生物學家達爾文。雖然當達爾文才一提出進化論的時候，被認爲是一種異端邪說，可是到了現在，進化論已經是學校中最普遍的教材。

只要承認進化論，就必然相信生命形式可以改變。

從單細胞生物進化成爲人，是自然的、緩慢的、漸進的生命形式改變過程。

生命形式的改變，可以簡單的稱爲「成精」。

所以單細胞生物進化成爲人，簡單的來說，也就是單細胞生物成了精。

人，另一個稱號可以稱爲：單細胞生物精。

再聯想開去，可以得到更驚人的結果。

地球上所有的生物，全是從單細胞生物進化來的（只要承認進化論，這句話就成立；如果不承認進化論，這句話就不成立。）

那也就是說，地球上所有的生物，有同一個老祖宗，這老祖宗就是單細胞生物。

不管是人或狐狸或螞蟻或海豚或豺狼或鳳螺或蚯蚓……一切的一切，只要是生物，其生命的脫氧核糖核酸之中，就都含有來自老祖宗單細胞生物的遺傳基因！

所以人性之中，也應該包括了其他一切生物性。

再以有豺狼性的人爲例，即使他不是豺狼精的後代，由於人性之中本來就有豺狼性，當豺狼性從隱性忽然變成顯性的時候，其人的行爲，就自然顯出了豺狼的一面。

這是根據進化論（緩慢的、長時間的生命形式改變）得出的一種結論。

然而我相信生命形式的改變，除了自然緩慢的改變方式之外，還有一種在短時間內形成的突然改變的方式。

這種突然改變的方式，沒有一個一個累積的過程，而是直接從一種生物變成了人——成了精。

這種方式不需要幾百萬年，只需要幾十年、幾百年，甚至於幾年就可以形成。並非循序漸進，而是一種通過基因的改動而形成的突變。

通過這種方式成了精的，一定各種生物都有，也各有後代，當然那些後代原來的生物性更明顯，大有可能在人性之上。

我相信，雖然這種方式的生命形式改變一直在發生，但是在歷史上必然曾經有一個時期大量發生過。

我推測大量發生生命形式改變的時期，是中國歷史上的漢、唐時代。

我做這樣推測的根據，是由於在那個時期特別多地球人「成仙」的記載。地球人成仙的過程就是地球人生命形式的改變，變成了外星人——我相信所謂神仙也者，就是神通廣大，科學水平遠在地球人之上的外星人。

而所有地球人成仙的經過，都曾經得到神仙（外星人）的幫助和指導。所以我也相信不只一種外星人掌握了改變地球人生命密碼的方法。

既然有力量可以改變地球人的生命形式，使地球人成仙，當然也同樣可以使地球其他生物成精！

歷史上雖然也有不少成精的記載，可是內容絕對比不上成仙記載的豐富，以致在表面上看來，其可相信的程度不如成仙。其實出現這種情形的原因很簡單。

對人來說，成仙是一樁很光榮的事情，值得大書特書，把它詳細的記錄下來，其詳細的程度到達其中有一樁不但人成了仙，而且家中的雞和犬，也因爲服食了可以改變生命方式的藥物而成了仙。

（由此可知，除人之外的其他生物，不但可以成精，甚至於也可以直接成仙。不過這種例子不是很多，好像絕大多數的情形下，都必須先成精，變成了人，然後再成仙。）

人成了仙，值得大吹大擂，當作是一件光宗耀祖的事情，所以留下的記載特別多。

而生物成了精，對生物本身來說當然是一樁光彩的事情，生物是不是有記載，人不得而知。而成精之後，變成了人，在人類的社會之中，成精了的那種人，卻決不會暴露自己眞正的身分，因為各類精怪，在人類社會之中，普遍地遭到歧視。即使偶然對自己最親的親人透露了自己的身分，也會引起悲慘的結果。

（白素貞和許仙是何等恩愛的夫妻，可是許仙一旦知道了她是白蛇精，悲劇立刻發生。）

所以成精之後的人，對自己的身分隱瞞得非常嚴密，等閒不會透露，當然更不會張揚，所以有關成精的記載不但少，而且就算有，其過程也語焉不詳，叫人疑眞疑幻。

本來我可以把這些設想和金維詳談，再聽聽他的意見，一定可以有更好的想法。可是他卻不告而別，眞是不夠意思。

我以為金維很快就會和我聯絡，所以電話一響，我就以為是他，誰知道卻是韓正氣。

韓正氣在電話中的聲音，又是氣憤，又是無奈，他道：「你快點來，我快招架不住了！」

我又好笑又好氣：「我以為你召開的是研討會，原來是比武大會！」

韓正氣苦笑：「湯普生——那大胖子和一些人圍攻我，說我提出這樣的題目，簡直不能稱爲科學家！」

我道：「他們的根據是甚麼？如果說不能侵犯上帝的權力，那麼正是他們才不配稱爲科學家！」

韓正氣繼續苦笑：「他們說，我玩弄基因轉換的小把戲，企圖以此證明生命形式可以改變，不論在科學上還是道德上都站不住腳，他們認爲生命形式是固定的，不能改變。」

我嘆了一口氣（爲了那些人的沒有想像力）：「的確，要使人信服一隻蚱蜢有可能變成人，是很困難的事情。可是你不妨問一問那些人，他們認爲人是怎麼來的？」

這正是我才想到的，達爾文的進化論和生命形式可以改變之間的關係。

不會有人不承認達爾文的進化論，那麼韓正氣提出的題目根本沒有反對的餘地。

如果那些人不承認達爾文的進化論，除非他們能提出另一套理論來——我斷估那些人沒有創造新理論的能力。

而如果他們認爲人是上帝創造的，那麼他們屬於神學家，而不是生物學家了——在這樣情形下，韓正氣根本沒有必要和他們辯論甚麼！

（關於「上帝創造人」，我有一種想法，和一般神學家就字面上一成不變來解釋不同，在後文，我會把我的想法介紹出來。）

韓正氣到底不是蠢人，一聽了我的話，他怔了一怔，然後哈哈大笑：「眞是，我怎麼沒有想到這一點——問題再簡單不過，要是生命形式不能改變，地球上到現在，還是只有單細胞生物！正是由於生命形式的不斷改變，由低級變成高級，這才有了脊椎動物，才有了人！」

我也笑：「你使用我教你的這一招，保證你所向無敵，在武林大會大獲全勝！」

韓正氣連連道謝，我放下電話，想起了他的那隻「母雞——鴨子」，大胖子湯普生稱之爲「小把戲」，倒也有一定的道理。

這種基因的轉換，只能造成一些生命現象的改變，並不能造成生命形式的根本改變，他就無法使一隻鴨子眞正變成母雞。

當然在生物工程學上，韓正氣的「母雞——鴨子」也有極高的價値，他沒有首先向全世界傳媒公佈，結果被別人搶先了，幸好他並不在乎這些，一點也沒有放在心上，其人之不好名，很令人佩服。

當天一直等到晚上，不但金維沒有消息，白素和紅綾也去如黃鶴，音訊全無。反正他們全是行蹤無定的人，所以我也沒有放在心上，而我也好像永遠有忙不完的事情一樣，就這樣過了三天。

當我開始感到奇怪——就算金維不和我聯絡，白素和紅綾除非是去到了一個完全沒有現代通訊設備的地方，不然實在沒有理由三天不和我聯絡的。

當天我有事情出去，傍晚時分回來，檢查電話錄音，聽到了金維的聲音。

金維的聲音聽來很興奮，可是也帶着幾分迷惑：「我在你說的那個雞場，我認爲有了一些發現，請儘快來。」

我看了看留話的時間，是三小時之前。

金維竟然會在那個雞場裏！

難道這三天，他全在那裏？

我向他說過《原形》這個故事，告訴過他，在那個雞場，不但女主人何可人極有可能是「蛇精」，而且有一隻公雞或若干母雞也快成精了。

我還告訴他，白素和紅綾認爲那個雞場所在的位置很特別，有可能在那個地方，有一種特殊的力量，促使生物的生命形式發生改變——成精。

這種說法倒也不是她們首創，在古籍的記載中，也常有這樣的說法：說是在某一些地方，或者是一幅草地，或者是一口井中，或者是一個院子，總之是一個特定的地方，生物容易成精。

這種地方在記載中，被稱爲「寶地」。

白素和紅綾相信那個雞場就是所謂寶地——當然不會整個雞場都是寶地，而是在雞場的範圍之內，必然有寶地在。

在那個雞場之中，發生的怪事甚多，其地必然有古怪，所以當她們花時間在雞場作研究，我雖然沒有實際參加，可是卻提供了不少設想。

我設想所謂「寶地」是指地球上的一處所在，特別受到宇宙間不明因素的影響所形成的。

而「不明因素」的內容極之複雜，幾乎完全超出人類的知識範圍之外，即使要設想也很困難。這種影響包括日月星辰運轉的方位，包括宇宙射線到達地球時着陸的地點，包括磁場的變化，包括地球本身能量的分配……

可以設想到的因素已經很多，而在設想之外的因素更多上幾千幾萬倍。

（中國古代有一門學問，稱作「風水學」，是專門研究地球上不同的所在含有不同的力量，可以影響生物——特別是人的生活的一門高深學問。）

（只可惜這門學問太高深了，以至於其精髓部分完全失傳，只剩下了一些皮毛。而就是這些剩下的皮毛，也已經是玄學中非常超卓的部分。）

（凡是現在實用科學所未能達到的範圍，簡稱爲玄學。）

（其實「玄學」這個名詞不是很妥當，應該稱爲「超科學」才對！）

（大家對風水學一定不陌生，在風水學上，也很注重「寶地」之說，認爲特定的地方有特定的能力，可以影響許多事情的發生或不發生。）

（這一點和我的對成精寶地的設想很類似。）

我不知道白素和紅綾在雞場努力是否有了結果，不過我卻猜到金維這時候到那個雞場去的目的是甚麼。

我想金維一定是在聽到了我說那個雞場可能特別容易使生物成精之後，想到了如果他那隻大羊鷹可以成精的話，那就甚麼問題都解決了。

大羊鷹成精，變成了人，當然會說人話，那就可以把牠從外星人那裏得來的有關生命奧秘的知識全都說出來。

就算不能變成人，能夠使大羊鷹可以口吐人言的話，結果也是一樣。

這種想法在普通人而言，匪夷所思荒誕不經之至，可是在金維這樣的人來說，卻感到大有可能變成事實。

我在駕車前往雞場途中，已經可以肯定金維確有此圖。

金維早已經把那隻大羊鷹推薦進入非人協會爲會員，如果他再能使那隻大羊鷹成精變成人的話，那眞可以說是非人協會有史以來最大的盛事了！

我曾經在那個雞場中有過怪異莫名的遭遇，一直到現在，我還是不明白那次的遭遇是怎麼一回事。只好把它當作是有一種力量影響了我腦部的活動，卻又不是使我產生幻覺，而是使我腦部活動和某種能量發生聯繫。

簡單地說，就是我見到了一個死去相當久的人，並且和這個「人」交談了許久，而且感到當時的環境，也和那個人沒有死的時候一樣。

雖然我一生之中，充滿了各種各樣詭異的經歷，可是算起來那次雞場怪遇，可算是前三名之列，因爲除了以上的設想之外，完全無法解釋。

奇怪的是，只有我在那雞場中有這樣怪異的經歷。白素和紅綾曾經長時間在雞場，卻沒有同樣的事情發生。

由此可知，那種古怪的影響腦部活動的力量會揀人，或者是我的腦部活動所產生的電波頻率容易和那種力量結合。

當我和白素以及紅綾討論這件事的時候，紅綾一本正經地道：「爸還是不要再到那雞場去的好，可能爸的腦部，容易接收那裏的怪力量，那種怪力量可以使動物成精，要是爸被那種怪力量影響而成了精，不知道會變成甚麼東西，情形就很不妙！」

四、無形敵人

由於她把那麼荒誕的事說得如此認眞，所以當時我的反應是哈哈大笑，道：「只聽說各種動物成精變人，從來沒有聽說過人成精變成了動物。」

紅綾仍然很認眞：「眞要是變動物倒還可以接受，如果變成了一把掃帚，那才糟糕。」

我還是笑之不已，紅綾着急：「別的東西可以成精變人，把這個程序反過來，就是人成精變成別的東西，並非不可能的事！」

出乎我意料之外，白素竟然也站在紅綾這一邊，她瞪了我一眼：「紅綾的話有道理，並不好笑。」

我只好高舉雙手：「好，我以後不再去那雞場就是。」

我以後確然沒有再去過那雞場——當然和怕會成爲不知道甚麼東西無關，而是事情既然由白素和紅綾接手追究下去，我有我的事情要忙，沒有必要參加而已。

現在在前往雞場途中，我自然而然想起這些來，心中覺得好笑，心想：要是白素和紅綾在，她們不知道是不是會阻止我到雞場去！

我又在想，金維在雞場不知道有了甚麼發現，會不會和我一樣有甚麼怪異的遭遇。

金維這個人的行爲也很古怪——他要到那雞場去，爲甚麼不和我商量一下，而要不告而別，自己行動？

我一面作各種設想，一面駕車，不多久就已經轉入了那條只通向雞場的小路。小路勉強可以供車子通過，由於白素和紅綾經常來的緣故，小路上的雜草並不是太高。

一直到了雞場門口，我並沒有看到別的車子，這令我很奇怪：金維難道是步行來的？

在門口下車，雞場的門虛掩着，和我上次來的時候沒有甚麼兩樣，推門進去，可以看出白素和紅綾很花了一些功夫在這裏，雞場被她們整理得比以前乾淨整齊得多。當然雞場中沒有了雞隻，看起來就自然沒有那樣凌亂。

我在碎石鋪成的路上向前走，四面張望，看不到有人，我就高聲叫金維的名字。

雞場的範圍雖然相當大，可是四周圍很靜，除了風吹樹枝發出的聲響之外，一片靜寂，所以我想金維沒有道理聽不到我的叫聲。

我越叫越是大聲，可是一直沒有人回應。

我漸漸感到事情很不對頭，在雞場視線可及的範圍之內，顯然沒有人在。那麼金維在甚麼地方？他唯一的可能就是在建築物之中。雞場的建築物並不多，我先推開了雞舍的門，大聲叫了幾下，空空的雞舍甚至發出了回聲。

我再到其他的建築物去查看。

這時候我心中警惕自己：這裏一定有古怪，上次我在這裏曾經有過詭異的遭遇，發生過不應該發生、實際上並不存在的事情。這次不要再着了道兒，再讓那種影響我腦部活動的力量又來影響我。

我實在不知道如果再發生一次這樣的事情，我又會經歷一些甚麼樣的怪遭遇。有怪遭遇我倒並不害怕，害怕的是那種怪遭遇根本是不存在的虛幻，而在那種遭遇之中，我卻失去了分辨虛幻和實際的能力——這種情形極之可怕，因為精神病中的妄想症患者，就有這種症狀！

所以雖然甚麼事情都沒有發生，而且也沒有要發生任何事情的先兆，可是我的心中卻感到十分緊張，因爲上次也是在完全沒有任何的警兆之下，我忽然進入了幻境，而且幻境又是如此之眞實。

這時候雞場之中，寧靜無比，可是我卻感到危機四伏，像是極之凶險。

我不知道我自己是不是神經過敏，可是那種精神上的緊張，甚至已經影響我的身體，我隱隱感到，好像到處都有點陰風陣陣，剛好這時候天色開始黑下來，這種感覺簡直令人遍體生寒。

這種感覺令人不舒服到了極點，我突然大叫起來：「金維！你在不在？」

說我要靠大叫來壯膽，當然還不至於，可是叫了幾聲，感覺上卻好了不少。

我的大叫聲遠遠傳了出去，有一種十分空蕩蕩的感覺，卻完全沒有回應。

我已經幾乎可以肯定金維不在這裏。

從他打電話給我，到我來到雞場，有大約接近五小時的時間。五個小時可以發生任何事情。當然最可能發生的是，金維等了我一會，我沒有來，所以他就離開了雞場。

既然金維已經離開，我是不是還有必要再逗留？

奇怪的是，當我在這樣問自己的時候，心中竟然非常想就此離去，不想多逗留。

爲甚麼我竟然會想到撤退，雖然我很不願意承認，可是事實確然是我感到害怕──對於完全不可測的神秘力量感到害怕。

我勉力定了定神，告訴自己：就算害怕，也不可以逃走！

我實在不能算是膽小的人，可是這時候在暮色四合，四周圍的一切看起來都朦朧一片，蒼茫大地之上，似乎充滿了不可解的因素，使人覺得無依無靠。

所以這並不是膽子大小的問題，而是在一種完全不知道會發生甚麼事情，而又完全無法防禦的情形之下，自然而然的反應，就是想離開這樣的環境。

我在警告了自己不可以逃走之後，定下神來，想到我假設上次之所以會進入幻境，是由於腦部活動受到了外來力量影響的緣故。這樣的假設，是基於在我的經歷之中，不止一次有外來力量影響我腦部活動。

而我也有不止一次和外來力量抗衡的經驗。

我假定上一次是由於我完全沒有防範，所以才着了道兒，現在我已經有了警覺——而且警覺程度十分高，那麼是不是可以和那種力量對抗？

我知道地球人在各方面的力量，在整個宇宙之間十分渺少——這一點，在我和外星人接觸的許多次經驗中體會得到。可是，我也知道地球人腦部活動可以產生的力量，卻也令得各種外星人驚嘆不已。他們都一致認爲地球人沒有善用自己腦部活動的能力，所以才成爲宇宙間的弱者。

而一旦可以好好運用腦部活動能力的話，就可以反弱爲強。

不但在我的經歷之中，有好幾次這樣的經驗，我所知道的一個最足以令地球人自豪的例子，是有「亞洲之鷹」稱號的奇人羅開，曾經運用自己的意志力和時間大神對抗，結果戰勝了時間大神！

想到了這些，我勇氣陡增。決定如果這種可以使我進入幻境的力量再發動對我的進攻，我就要運用自己的力量和它對抗，就算輸了，也不至於像上次那樣不知不覺就被控制。

我再次定神，放慢了動作，全神貫注，不斷告訴自己，不要進入幻境。

由於是幻境還是眞實，根本難以區別，我知道這是很困難的事，所以我所能做到的只是盡力而爲而已。

在我思想上做好了充分準備之後，我進入了一座平房——我知道那是何可人（有可能是蛇精的女人）以前的雞場主人的房間。

上次我就是在這個房間中進入幻境的。

一推開門，眼前一片漆黑。

我並不立刻走進去，因爲我突然之間感到，我雖然只是站在門口，可是在漆黑的房間中像是有一股力量要把我拉進去。說得更詳細一些，像是房間中心有一個強力的漩渦，正在急速地旋轉，而我就站在漩渦的邊緣，可以感到漩渦的力量，可是還不至於被那力量扯進去。

如果我再向前跨出一步，那就難說得很了！

剎那之間，我感到危機已經逼近，在眼前的黑暗之中，不知道隱伏了多少凶險。

這種凶險並不是在黑暗中有甚麼人會用武器向我攻擊，而是我對之一無所知的神秘力量。

我知道我必須努力和這種力量對抗，不然我就會被這種力量擊敗，被它抓到幻境中去。

所以雖然在黑暗之中甚麼也看不到，我還是努力睜大了眼睛，當作敵人就在眼前。

在這時候，我才眞正體會到所謂「看不見的敵人是最可怕的敵人」的道理。我的精神立刻自然而然處於極之緊張的狀態之中，我感到那股力量雖然沒有能夠把我扯進去，可是卻散發出一股強烈的寒意，向我襲來。

那令得我遍體生寒，要非常努力控制自己，才能使身子不發抖。這是一種實實在在的感覺，我的意思是說，我眞正像是站在一個凍房的門口，而這個凍房中的溫度是攝氏零下五十度，無孔不入的寒意向我湧過來，這種寒冷帶來的痛苦之感，是如此之實在。雖然我腦子還很清醒，知道就算白素和紅綾曾經改造過這裏的建築物，她們也不可能在這裏建立一個溫度如此之低的凍房。

也就是說我非常清楚，我沒有感到寒冷的理由。今天天氣很好，是攝氏二十五度，就算入夜之後，氣溫略爲下降，也絕不會冷到這種程度！

於是我想到，雖然我感到冷、極度的冷，甚至於令我身子麻木僵硬，連呼吸都幾乎感到困難，這一切都是如此實實在在。可是無論如何實在，始終只是一個感覺。

感覺由腦部活動產生。

感覺一產生，所有的事情就沒有所謂「實在」和「虛假」了。

不久之前，我記述過一個叫《傳說》的故事。這個故事本身並沒有甚麼特別，可是通過這個故事，建立了一個認知，這個認知十分重要。

這認知是：只有「有沒有」感覺，沒有「眞」或「假」。

在任何情形下，有感覺，就是眞實；沒有感覺，也就不是眞實。

再說一次：感覺由腦部活動產生。

這時候我突然感到如此寒冷，當然是由於在我的腦部產生了感到寒冷的感覺。

有兩個可能使我的腦部產生寒冷的感覺：一個可能是氣溫突然下降到了奇冷無比的程度。

我很淸楚地知道這個可能不存在。

那麼第二個可能就是有外來力量影響了我腦部活動，使我產生這樣的感覺。

我立刻知道，我現在的情形屬於第二個。

無形的敵人，正在向我進攻！

當然是我在事先有了充分的準備，準備會有外來的力量控制我腦部的活動，所以我全部腦部活動都強烈的準備和這種力量對抗。這種對抗意識所產生的力量，顯然起了作用——那種力量雖然使我產生了寒冷的感覺，可是我神智淸醒，並不認爲我身處在一個寒冷的環境之中。

一想到這一點，我信心大增，我想開口說話，可是那種寒冷的感覺如此實在，我臉上的肌肉都已經僵硬，根本無法張開口來——甚至於我很實在的以爲，如果我張開口來，連我的舌頭也可能凍僵，所以還是不要開口的好。

這樣的想法當然很荒謬——我可以感到荒謬，這就代表我腦部活動並不是完全被控制了。

這時候的情形，簡直怪異莫名，我像是一個人一分爲二，又想到開口舌頭會凍僵，又知道這種想法荒謬。

這更使我肯定，有外來力量侵入了我的腦部，由於寒冷的感覺越來越甚，使我知道侵入的力量正在加強。

這是我的生死關頭——我眞正知道事情的嚴重性。

我必須把這股力量擊退，不然我就會完全被它控制。雖然上次在不知不覺間被它控制進入幻境，結果也沒有受到甚麼傷害，可是我心理上卻絕不高興再有這種情形發生。

從上次的一無所覺，到現在的情形如此嚴重，我意識到這是由於我和那股力量一開始就對抗的緣故，可想而知這股力量不喜歡有人與它對抗。或者從來也沒有人和它對抗過，所以它就發揮強大的力量要使人屈服。又或者它從來也沒有遭到過對抗，所以它也不知道如何才好。

這時候的情形是，我可以肯定一定有一種力量在侵入我的腦部。而這種情形，是白素和紅綾長時間在雞場活動所未曾遇到過的——如果她們遇到過這種情形，絕對沒有不向我說起之理。

也由此可知，這種力量並不是可以向每一個人入侵。

而我來到雞場，卻已經是第二次遭到了這種力量的侵入，是不是我特別弱，所以容易被侵入，就像細菌選擇抵抗力弱的身體入侵一樣？

由於這時候我身受十分痛苦，幾乎已到了我可以忍受的極限，而我能忍受惡劣環境的能力，遠在普通人之上，常人在這種情況下，可能已經凍死了！

（或者有人會說：根本沒有寒冷，只不過是產生的感覺，怎麼會凍死？）

（對於這個問題，我的答案是：感覺會令人死亡。）

所以在這種情形下，我自己可以控制的腦部活動所想到的一切，全傾向於事態的嚴重，傾向於我整個人都快被那股力量控制，必須盡力對抗。

在迅速地轉念過程中，和我一貫的思考方式一樣，還有許多雜七雜八的想法，紛至沓來。

這種思考方式，缺點是無法集中精神去想一個主要的問題。好處是許多想法一起來，可以令人觸類旁通，不至於把問題想到死胡同去走不出來。

這時候，當我在各種各樣的想法一起湧上來之際，我突然想到，我實在沒有理由比白素或者紅綾弱，弱到了每次來到雞場，就被那種力量挑來欺負，入侵我的腦部。

這實在是豈有此理之至！

然而當我這樣想的時候，我忽然又想到，這種力量專門找我的麻煩，固然可以說它專門欺負我，不過，又何嘗不可以說它專門要找我來接觸呢？

當我才有這種想法時，我的思緒還十分紊亂。

可是當我一想到了這一點，腦中陡然靈光一閃，思緒立刻變得很清晰。

我感到自己可能一上來就想錯了！我一上來先肯定有一股神秘力量，然後隨即把這股神秘力量定性爲敵人。

等到這股神秘力量發生，使我產生極度寒冷的感覺時，我更加認爲自己已經到了生死關頭。

現在我想到的卻完全相反。

神秘力量仍然存在，可是爲甚麼一定是敵人？

它可以只是一種力量，一種只可以和特定的人發生接觸的力量。

而從這個角度來看，這種力量專門找上我，豈不是正表示我和這種力量有緣？

那麼我就不應該把它當成敵人，應該和它好好溝通才是。

我不知道這股力量是甚麼，看來它對人也很陌生。兩種互相完全不了解的力量，一旦發生接觸，自然而然會產生敵意。這種自然產生的敵意十分可怕，唯一的結果就是把原來可以好好溝通的機會錯過，而變成了要分個你死我活的敵人。

當我很清晰地想到這些時，我感到非常爲難。

本來事情很簡單——我既然想到了這種力量兩次找上了我，是和它有緣，那我就應該放棄和它對抗。

可是我卻完全無法判斷我想到了的這一點是出自我腦部自己還可以控制的部分所產生的意念，還是我腦部已經被那種力量入侵部分所起的念頭。

（這兩句話，要一口氣說出，要一下子聽明白，都不是容易的事情。由此可知我當時的思緒是何等複雜和矛盾！）

如果是前者，我放棄對抗，有可能和那種力量進入溝通狀態。

如果是後者，我放棄對抗，結果就是完全被那種力量所控制。

在這種情形下，要做出一個決定，眞是困難無比，其困難程度是在於完全沒有任何依據來做出決定，好比是一場賭博，結果如何不得而知，只好靠運氣。

我不知道自己考慮了多久，只是覺得凍僵了的不但是我的肌肉，而且已經擴展到了我的內臟，我甚至於感到自己心臟的跳動，也受了影響——像是要竭力掙扎，才能勉強跳動一下。

實在是到了我非下決定不可的時刻了！

我決定放棄對抗。

當我作出了這個決定的那一剎間，我問我自己：是不是忍受不了痛苦，而投降了？

我立刻作出否定的回答，肯定我現在的想法是出自我自己的意念，而不是那股力量要我這樣想。

我之所以會有這樣的肯定，是基於我一貫的理念。

我一貫認爲，在宇宙之間，地球人是一種微不足道的低等生物，力量非常微小，決不能和來自其他星體的生物相比。所以來自其他星體的生物，沒有必要把地球人當作敵人，因爲他們並不能在地球人身上得到些甚麼。把地球人當敵人，或者征服地球人，對外星人來說一點意義都沒有，就像一個億萬豪富絕對不會向一個乞丐使用暴力去搶乞丐的一毛錢一樣。

所以我一直相信，能夠來到地球的外星人，都不會對地球人有惡意。這種信念在我的經歷之中不只一次得到證明。

這時候我還是本着這種信念來做決定——因爲能夠使我腦部產生如此寒冷感覺的力量，顯然不會是由地球人發出來的，或許只是要使我知道它是一股奇異的力量，它卻不知道它的表達方式會使人感到十分痛苦。

我的思緒一向很亂，沒有條理，在這樣的緊要關頭，我還想到了這種情形，就像一個俄國大漢緊緊擁抱你，並且用他的鬍子用力擦你的臉一樣——在他來說是對你表示親熱，可是你卻會感到受不了！

我相信這也是一個誤會。

在我做出決定之後，其實我也根本沒有做甚麼，只是在思想上放棄了對抗，從極度緊張的精神狀態變成鬆弛，同時我想到那股力量一定是在那房間之中，我既然要和它溝通，當然應該走進去而不是只站在門口。

當我想到了這一點的時候，我僵硬的身子根本完全動彈不得。然而也就在這時候，麻木的身子開始有了感覺。

那種恢復知覺的過程，就像是原來靈魂已經離開了肉體，現在又一點又一點回來了一樣。

先是心跳回復了正常，接着從心頭開始有一股溫暖的感覺漸漸地醞釀，緩緩向外擴展，不一會整個胸口都在感覺上屬於自己所有。這種自己的身體終於屬於自己所有的感覺眞是太好了——這話聽起來像是廢話：自己的身體當然屬於自己所有！可是如果經過失去自己身體的感覺，又感到自己的身體回來了，這實實在在是極好的感覺。

這種感覺很快向上通過頸部，到達頭上，當我臉上肌肉開始有了活動能力的時候，我莫名其妙拼命地擠眉弄眼，儘量活動我臉上的每一條肌肉。

而暖流繼續在身上四面八方擴展，從大腿到小腿，再到腳趾，我要再一次告訴各位，當暖流帶着麻酥酥的感覺進入腳趾，我可以感到結成冰的血液開始融解，生命重新隨着流通的血液進入了我的腳趾，使它們又可以活動，這種感覺簡直美妙透頂！

同樣的這種感覺來到手指上，我感到像是本來一隻光禿的手掌之上，忽然受到了陽光和水的滋潤，迅速地長出了一隻又一隻的手指，終於我又有了一雙完整的手。

當這一切發生的時候，我仍然站着一動也不動，享受着這種令人全身舒暢無比的感覺。

等到我身子完全恢復了正常，我才怔了一怔，感到我剛才的表現很難解釋，甚至於無法向自己交代——本來我就是好好的，忽然遭到了那樣可怕的折磨，而只不過是恢復原狀而已，爲甚麼我的感覺竟然會如此良好？

當時我只想到，可能是由於我決定放棄對抗，寒冷的侵襲就立刻消失，這證明了我的決定是對的，所以才使我感到高興。

等到我完全定下神來，我吸了一口氣，向前走了兩步，走進了房間。

這時候我眼前仍然一片漆黑，甚麼也看不到——這種情形並不正常，因爲我處身在黑暗之中已經有相當時間，眼睛應該可以適應黑暗了，多少應該可以看到一些東西。

除非這房間是絕對的黑暗，可是絕對黑暗的環境很少有，至少這房間不應該如此，外面天色雖然已經入黑，總還有些光亮，而且房門也沒有關上，我怎麼會甚麼也看不到？

一時之間，我想到的事情令我感到極度恐懼：我失去了視力！

任何人一想到這一點，都會感到恐懼，我也不例外，我張大了口想叫，可是還沒有出聲，就已經隱隱約約可以看到房間中的情形了。

照說情形正常了，我的恐懼感應該消失了才是，可是實際上卻更甚——因爲我可以肯定剛才我眼前一片漆黑，正是由於我喪失了視力的緣故！

視力不會無緣無故喪失，當然是有一種力量可以令我變得甚麼都看不見！

也就是說剛才那股力量又曾入侵我的腦部，造成了嚴重的後果：破壞了（暫時性）我的視覺能力，使我喪失了視力！

而那是在我已經放棄了對抗之後的事！

那股力量先使我感到冷得全身發僵，接着又使我有一個短暫的時間變成瞎子，它的能力強大到了我完全沒有反抗的餘地。

它這樣對付我，實在要令我再考慮是不是重新把它當作最危險的敵人。可是我又想到，如果它眞正要對付我，我沒有反抗的能力，它可以令我永遠變成瞎子，而不是只有一個短暫的時間。

它這樣做，彷佛一點目的和用意都沒有——這一點完全不像是有高超智慧的生物所爲，卻像是在胡鬧一樣。

我又想起上次我在雞場的遭遇，白素說是有一股力量把我扯到了三年之前，所以發生了時光倒流的現象。我卻以爲是有力量把我帶進了幻境。

然而，那力量把我帶入幻境的目的何在？我百思不得其解。

那次我在幻境中遇到的人、做的事，都全然無關緊要，一點意義都沒有。

這只能說是一次莫名其妙之極的怪遭遇。

然而現在從剛才我的遭遇結合起來看，倒可以作出一個結論：這股力量專門喜歡做沒有目的的事！

五、懸在人類頭上的鋼刀

就算是地球人也很少專門做無目的之事的，很難想像外星人會有這種無聊的行爲——莫非我這時候遇到的是一個外星頑童？

我一面想，一面在黑暗之中打量房間中的情形。

和我上次來的時候沒有兩樣，房間中陳設十分簡單，一床一桌一椅而已。椅子還是那張竹椅，竹椅上沒有人——整間房間中都沒有人，我可以肯定這一點。

我一直走到房間中心，然後又來到門口，在門旁找到了開關，着亮了電燈。燈光其實並不明亮，可是這時候對我來說已經夠好的了，我可以把房間中的情形看得清清楚楚。

可能是由於白素和紅綾經常來的緣故，房間很乾淨。

我打了一個轉，整個房間之中實在沒有甚麼東西是我看不到的，也絕沒有甚麼形狀古怪的外星人在。

這時候的平靜，和剛才那種驚心動魄的經歷相比較，差別之大，難以形容。

我有點發愣，雖然剛才的一切是如此之眞實，可是現在想起來，卻又像是做了一場夢一樣。

這種似眞似幻，卻又非眞非幻的感覺，令人不舒服至於極點，因爲它叫人失去了判斷眞或幻的能力——我甚至懷疑如今我站在這間房間中的這個現狀，是眞實的還是不眞實的。我不知道這個現狀是不是幻覺，我更進一步想到如果是幻覺，那麼眞實的我如今又在哪裏，在幹甚麼？

我忽然想到，人如果清楚地知道自己做了一個夢，在夢裏變成了一隻蝴蝶，當他醒來之後，他不會有「究竟是我做夢變成了蝴蝶，還是蝴蝶做夢變成了我」這樣的懷疑。

而莊周先生居然有了這樣的懷疑，而且他的懷疑流傳了幾千年，所以他當時的經歷一定不會是做了一場夢那樣簡單，其中肯定另有緣故——大有可能他的遭遇實際上和我如今相同，處於眞和幻完全無法辨的境地，所以才產生了這著名的疑惑。

（若干時日之後，我把這一點提出來和各人討論，溫寶裕首先鼓掌表示同意，而且他說：一定就是那樣。）

（究竟是不是那樣，除非找到莊子的靈魂來問一問，不然誰也不能代替他回答。）

當時我主要是想紓解我心中那種不舒服的感覺，所以我大叫了三聲。由於我的大叫並沒有目的，所以我根本不知道自己叫了些甚麼，也不記得是不是叫了金維的名字。

卻不料在我叫了之後，忽然聽到遠遠有聲音傳過來，先是叫着我的名字，由於聲音聽來從很遠的地方傳來，所以恍恍悠悠。在這樣的環境中，聽到了這樣的聲音叫自己的名字，感覺上十足像是有不知道甚麼力量，正在呼喚我的靈魂一樣，令人遍體生寒！

我起先以爲又是幻覺，可是聽起來那像是金維的聲音，接着又聽到聲音在叫：

「你在哪裏？剛才是你在叫我？」

我肯定了這是金維的聲音，原來他是回應我的叫聲！

我連忙出了房間，四周圍仍然一片黑暗，我沒有看到甚麼人，我也只好大叫：

「金維！你在哪裏？」

這一次立刻有了回音，金維的聲音陡然傳來——給人以「陡然」的感覺，原因是原來金維的聲音聽來從很遠的地方傳過來，而忽然之間變得十分接近，雖然不至於就在耳邊，可是也近得出乎意料之外，大約只是十來公尺左右。

當時我心中想到的只是金維移動得好快！他又叫了我一聲，聲音聽來很高興，緊接着我就影影綽綽看到他轉過屋角，向我奔過來，一下子就來到了身前。

我還在想他何以來得如此之快，所以脫口而出，說道：「你來得好快！」

金維怔了一怔，像是不知道我這樣說是甚麼意思。

天色雖然一片漆黑，可是隔得近了，也可以很清楚看到他不明白我爲甚麼這樣說的神情。

他的這種反應使我知道一定有一些事情不對頭。

我初初聽到他的聲音時，他像是在一公里之外，而忽然他出現在眼前，豈非古怪透頂？

當時我思緒十分紊亂，我一時之間不能肯定毛病出在甚麼地方，我首先問：

「剛才你在哪裏？」

金維更是一副莫名其妙的神情：「甚麼叫作剛才我在哪裏？」

我用力揮了揮手：「過去半小時……或者一小時你在哪裏？」

金維也感到我問得離奇，吸了一口氣才回答：「就在這裏！我和你聯絡之後，就一直在這裏等你來！」

我也跟着吸了一口氣：「那麼爲甚麼我一進來就叫你，你卻不回答？」

我確然是一進雞場就大叫金維的名字，可是當時根本沒有回音。那時候天色還沒有黑，正是黃昏時分。我接着又把這一點提了出來。

金維用很奇怪的神情望着我，我這才注意到他有異乎尋常的目光，在黑暗之中灼灼生光，通常只有貓科動物的眼睛才會在黑暗之中發出這樣的光芒——因爲牠們有夜視的本領。

我只知道金維是一個十分出色的獵人，有這樣突出的視力，是不是出色獵人的必備條件？

當時我心中不知道有多少疑問，可是我還是不着邊際地聯想無關緊要的問題，我對於自己這種習慣也感到無可奈何。

我想了一想就算，向金維做了一個手勢，示意他進屋子去再說。金維向那屋子看了一眼，失聲問：「你一直在這屋子裏？」

我道：「也不是——這屋子有甚麼問題？」

金維搖頭，神情迷茫而且古怪：「我不知道，可是……可是……那裏……」

他說了半天，還是甚麼也沒有說出來。

我感到我們兩人都處於一種精神恍惚，或者說是思緒紊亂的狀態之中。在這樣情形下，不必先去研究何以會有這種狀態出現，重要的是先使精神狀態恢復正常，才能把事情的來龍去脈理清楚。

所以我不再追問他那屋子有甚麼古怪（事實上那屋子的古怪雖然我才經歷過，可是我也說不出所以然來），我伸手抓住了他的手，一起向屋子中走去。

我們根本就在屋子門口，走了兩步就已經進了門。

剛才我一進門就有一股寒意向我襲來，令我感到自己要爲生存而搏鬥，現在卻甚麼異狀都沒有。

但由於剛才的經歷實在太可怕，所以當我跨進門來的時候，我仍不免窒了一室。

那只是極短時間的事，可是金維的感覺十分敏銳，他立刻向我望來，投以詢問的眼色。

我立刻道：「說來話長──我相信你也有很多事情要說，我們一樣一樣來說，不然更亂，更理不出一個頭緒來。」

金維點頭表示同意，我道：「我先說。」

我們已經到了房間中心，我示意金維坐在那張竹椅上，我在床邊坐了下來，想了一想，想如何開始才好。

終於我決定了開門見山。我道：「這雞場肯定大有古怪，而這間房間古怪更大。」

這樣的開始，本來聽的人至少應該抱懷疑的態度，可是金維一聽卻立刻連連點頭。

他這樣的反應，證明他在這裏也一定有過不尋常的經歷。

雖然我極想知道他遇到了甚麼的怪事，但是我還是堅持要一樁一樁順次序來把問題說明白，以免混亂。

所以我自顧自說下去。

我道：「以前我在這個雞場中，曾經有過怪遭遇，你是知道的了？」

金維點了點頭：「如果你覺得有必要說一遍，只管說。」

我道：「簡單地說，上次我一進入雞場，就被一種力量影響，進入了幻境。那幻境的內容是雞場以前的某一天的情形，由於幻境和眞實難以分別，所以當時我的感覺——現在回想起來的感覺，就像那次經歷是時空交錯，令我回到了幾年之前。可是我相信那是某種力量入侵我腦部的結果。」

金維點頭表示明白。

我繼續道：「對於我來說，腦部被外來力量入侵，是一件極其嚴重的事情。而對於那種力量來說，它既然能侵入人類的腦部，實際上已經等於可以控制人去做任何事，所以那是一種非同小可的能力，不應該屬於地球人所有。」

我說到這裏，略頓了一頓，金維點頭：「說得很是。」

我苦笑：「事後我做了種種設想，一直到現在我還是不明白，當年那股力量侵入我腦部，使我進入幻境，目的何在？因為整件事只不過是我添了一樁怪遇而已，一點其他作用都沒有！」

我這樣說，當然是想徵求金維的意見。

金維也苦笑：「我也想不出那股力量為甚麼要動用它那種無可比擬的能力來做這種沒有目的的事情。」

我吸了一口氣：「說今天，我回家就看到了你的信息，是你傳出信息之後的三小時，我立刻前來，在天黑之前來到雞場，進來就大聲叫喚，可是沒有回音。」

金維張口想要說話，我打手勢阻止：「先讓我說完我的遭遇，然後再說你的——這裏的怪異簡直難以想像，一定要好好弄清楚，我們自己不能亂。」

我一再強調「不能亂」，實在是因為事情亂到了極點——連眞實和虛幻都難以分別，所以寧願用笨辦法，一個一個說。

金維很能體諒我的意思，做了一個手勢，讓我說下去。

我道：「於是我一面叫，一面走進來……」

我把進了雞場之後的情形，尤其是來到這房間門口之後所發生的事情，詳詳細細向金維說了一遍。

我將我當時的感受說得十分透徹，金維也聽得很用心，雙眉緊蹙。等我說完，他仍然屏住了氣息，又過了好一會，他才長長地舒了一口氣，臉上竟然有幾分驚恐的神色。

他是非人協會的會員，一生經歷過不知多少驚險的事情，要他感到害怕，而且形諸於色，是極不容易的事情，所以影響到我想起剛才的事情，又不禁感到凜然。

金維以相當吃驚的聲音道：「這……這算是甚麼現象？」

我指了指自己的頭：「很明顯，有力量侵入，控制了我腦部的活動，使我產生感覺。」

我說了這兩句話之後，頓了一頓，又道：「對人來說，事情的眞實或虛幻，決定於有感覺或沒有感覺。也就是說，任何事情根本無所謂眞或假，只是有感覺或沒有感覺而已。」

我知道我的這種說法，不容易被普通人所接受，所以我向金維解釋得很詳細。而金維卻接受得很自然，他連連點頭：「本來就是那樣——人的一切認知都來自腦部活動，腦部活動有了感覺就是眞的，這也就是我感到害怕的原因，你別笑我，我眞的感到害怕……有力量可以控制人類腦部活動……就等於控制了一切！」

在他說了這句話之後，我們兩人都有好一會不出聲。我們都在想這件事情的嚴重性。

控制了人類腦部活動，就等於控制了人類的一切！

這種情形的可怕程度在一切情形之上！

人類在腦部活動被控制的情形下，等於完全沒有了自己，而變成了任由操縱的行屍走肉！

地球上沒有了有自己思想的高級生物，人類徹頭徹尾變成了……變成了……變成了無法用文字或語言表達的東西！

而這一切並不是我們自己嚇自己，而是實實在在發生的事情，我就一再經歷過，我相信金維也在這裏經歷過！

想到了這一切，自然令人感到前所未有的恐懼。

我相信金維也有同樣的感覺——可以從他的神情上看出來。

然而我們又有另一個同樣的想法：這種力量似乎並沒有通過控制腦部活動而操縱我們。

這時候我還不知道金維的遭遇如何。以我自己來說，上次完全沒有防備，被那種力量帶進了幻境，身處三年之前的某一個情景之中，雖然怪異莫名，可是卻也沒有甚麼壞處。這一次我一上來就有了準備，全力抵抗，雖然吃了不少苦頭，但是也沒有實際上的損失，而且很容易就可以使那種力量退卻。

由此可知，那種力量雖然可以操縱控制人類腦部的活動，可是它似乎並沒有藉此胡作非爲，把人類變成它的工具。

照這種情形看來，似乎可以說：這種力量對人類沒有惡意。

那麼也就不應該如此害怕。

可是想到人類的一切活動全都控制在一種力量手上，雖然這種力量沒有惡意，可是那也是一種極大的威脅，就如同在頭上懸着一柄鋼刀，不知道甚麼時候會落下了把人剖成兩半！

最好當然是把這種力量消滅，其次是至少要有辦法抵抗這種力量，不能把人類的命運放在那種力量的好、惡之上。不能把人類的命運放在有一種力量可以控制的情形之下。

人類要有自己主宰自己命運的權利——簡單來說，就是人不能生活在某種陰影之下，不能生活在隨時可以變成行屍走肉的威脅之下！

所以有這種力量存在，不論是善意或是惡意，對人類來說都是大大的壞事！

金維和我所想的一樣，所以我們在同時一起叫了出來：「要把這種力量找出來！」

一起叫了一句之後，我們相視苦笑。

叫出這樣一句話容易，要做到這件事眞不知道該如何着手。能夠進入人類腦部的力量，當然不是一把刀或者一顆子彈——不會是有形有質的物體，而只是無影無蹤的一種能量。想想人類對自己腦部活動所產生的能量尚且幾乎一無所知，如何去對付不知道來自何處，不知道是甚麼東西的其他能量？

我們立即發現，在這件事上，我們根本沒有任何能力去做任何事情！

人類在這種力量之前，完全沒有任何抵抗能力。

這種力量對人類沒有惡意，人類可以正常生活。一旦這種力量忽然對人類起歹念，人類就只好聽憑宰割！

一時之間我們都十分沮喪，金維甚至於雙手抱住了頭，身子用力搖晃，可知他心中很是痛苦。

過了一會，他才放下了手，向我望來。

我心情也大是苦澀，不過比起他來可能好一些，因爲我曾經和那種力量進行過對抗，在不算是投降的情形下，也不至於完全被那種力量所控制。

我再一次把這種情形說了一遍。

金維默然不語，我問：「你在這裏的遭遇如何？」

金維神情茫然，像是不知道該如何說才好。我耐着性子等他開口，他卻一直不說話。

我又道：「我已經說了我的遭遇，輪到你了！」

金維仍然像是不知道如何開口，我提醒他：「我一進來就大聲叫你，那時候你在哪裏？」

金維總算開了口，可是語氣猶豫，像是對於自己的話沒有多少信心——這種情形出現在金維這樣的人身上，實在非常可怕。

他道：「我一直在雞場，可是沒有聽到你叫我。」

金維說了一句之後，頓了一頓，才道：「我還是從頭說起的好。那天早上我一早醒來，見你睡得正沉，我就自己出去走走，本來完全沒有打算到雞場去——」

金維酒量遠遠在我之上（只怕能和他比酒量的人不多，不過紅綾肯定是其中之一），所以昨天晚上他雖然喝了不少，還是一早就醒了過來。

他又喝了幾口酒——這種可以解宿醉的方法叫做「喝還魂酒」。然後他神清氣爽地走出門口。

他的原意只是想在附近的山頭走走，他在人煙稀少的地方長期生活，對於城市生活最不習慣的是城市中的空氣。昨晚他就一再說到，西藏高原上空氣雖然稀薄，可是比起城市的空氣來，卻使人舒服多了。

這當然是習慣問題，多少城市人到了高原，幾乎痛哭失聲，就是因爲無法適應高原上的空氣。

金維覺得早上的空氣比較清新，而且在附近有一個山頭，山上空氣自然更好，所以他出門沒有多久，就自然而然來到了這個山頭之上。

到了山上，他不但感到呼吸暢順，而且還有一件事令他感到很高興，那就是在山上的半空中，有不少鷹在盤旋翺翔。

金維由於長期在康藏高原和那隻大羊鷹生活在一起，所以對於任何種類的鷹都有好感。

在城市上空飛行的鷹是普通種類的麻鷹，身體很小，可是鷹總是鷹，就算是最普通的麻鷹在盤旋翺翔之際，還是大有氣度，看來賞心悅目。

金維看了一會，一時興起，心想自己和大羊鷹溝通了那麼多年，不知道和普通的麻鷹是不是也可以溝通？

金維一想到這裏，自然就更加注意那些麻鷹的動作，他也立即發現了一個奇怪的現象——其實也不是太奇怪，只是他之前沒有想到麻鷹和大羊鷹身體大小相差如此之大，生活環境又截然不同，卻會有相類似的動作。

他看到的情形是，在空中盤旋的麻鷹有好幾十隻，牠們在空中不時三五隻迅速地飛近，接近到了身體碰到的地步，然後又分開，再和其他的作同樣的接觸。這種情形用人類的行爲來比喻，「三五成羣，交頭接耳」最恰當不過。

金維知道如果在大羊鷹羣中出現了這樣的情形，那代表鷹羣之中有一些事情發生，牠們正在商議對策。

鷹習慣獨來獨往，平時並不合羣，所以一旦有這種情形出現，那就表示發生了極不尋常的事情，所以牠們才會打破正常的生活習慣。

這種情形在康藏高原上和大羊鷹共同生活了許多年的金維，也不過見過兩三次而已，想不到在這裏無意之中見到麻鷹也有這樣的行爲。

他在那時候當然不知道鷹羣之中發生了甚麼事情，他看了一會，就試着用和大羊鷹溝通的方法，把繫在腰際的一個布袋解了下來。這個布袋金維自稱爲「百寶袋」，裏面有他在荒野、森林、高山、草原中生活的一切必須品，其中有一些東西，匪夷所思，是怎麼想都想不到的。

其中包括了金維這時候取出來的一套哨子，那套哨子大小不一，製作的材料也不一樣，有的是獸骨，有的是竹子，有的是陶瓷，形狀也不一樣。

後來金維向我解釋，他這套哨子全世界獨一無二，是他許多年來研究的心血結晶，有的陶瓷哨子，他要燒製上百次，才能達到發出理想有效聲音的目的。

簡單來說，這套哨子所能發出的各種各樣聲音，代表了一套大羊鷹的語言——或者說，哨子發出的聲音，大羊鷹可以了解它所代表的意義，這是一種單向式的語言。

金維發明這種和大羊鷹溝通的方法，靈感來自訓練狗隻的方法。人不一定能夠了解狗的語言，但是卻可以利用單向式的語言向狗發出種種指示。

金維經過了無數次的試驗，建立了一套這樣和大羊鷹溝通的方法。這時候他試着用在麻鷹身上，他選出了三隻哨子，吹出了一連串的聲音。

哨子所發出的聲音十分尖銳，可以傳出很遠。

他這時候發出的信息是：**你們有甚麼困難，我可以提供幫助**。

由於他不能肯定麻鷹是不是和大羊鷹一樣可以接收他的信息，所以他儘量把信息簡單化。

（當我聽他說到這裏時，我已經大爲嘆服。他所謂簡單的信息實在已經極複雜，眞難以想像複雜的信息會是怎樣。由此可知，他和大羊鷹之間的溝通已到了相當高深的地步，其程度可能不在紅綾和她的神鷹之下。）

哨子聲才一傳出，立刻生效。只見有一半以上的麻鷹都集中在金維的頭頂盤旋，另一些也迅速向這一大半靠攏。

金維一看到這種情形，大喜過望，又把同樣的信息傳送了三遍。在這個過程之中，鷹羣越飛越低，發出十分刺耳的聲響。根據金維的了解，這種聲響代表了鷹羣之中發生的事情十分異常，鷹羣處於極端的驚惶失措的狀態之中。

若是換了常人，近百隻麻鷹就在頭頂上急速地飛翔，一定會感到十分恐怖，金維雖然和鷹有很好的感情，這時候也自然而然用一隻手遮住了雙眼，以防萬一。

鷹羣低飛到了就在金維身邊打轉的程度，然後突然之間有好幾隻鷹向金維抓來。

金維在那一剎間，居然沒有迴避，其勇氣之大，無以復加。

他雙臂、肩頭，甚至頭髮都被鷹爪抓住，一上來突然發生了這樣的變故，他也很吃驚！

可是他立刻明白鷹羣是想把他抓起來，顯然是想抓着他飛行，把他帶到不知道甚麼地方去。

金維這時候不禁又好氣又好笑，他確然曾經被鷹抓住飛行過，可是那不是普通的麻鷹，而是極大的大羊鷹。大羊鷹雙翅橫展可以達到五公尺以上，力大無窮，抓起一百公斤的重量飛行毫無問題。而普通的麻鷹能有多大，抓抓小雞還差不多，想把一個人抓起來，就算來上一百隻，也不能成功。

而且就算能夠把人抓起來，金維也不敢冒這個險，要是在飛行途中掉了下來，那就甚麼玩兒都完了。

好在他明白了鷹羣的意圖，所以問題容易解決，他連忙又吹響哨子，發出了新的信息。

這一次他發出的信息是：**你們要帶我到一個地方去，請在天上帶路，我會跟着你們。**

信息才一發出，鷹羣就騰空而起，向前飛去。

金維看着鷹羣飛出的方向，就跟了上去，鷹羣並不飛向城市，只是在山嶺之上飛過去。

爬山越嶺正是金維的拿手本領，何況鷹羣就算偶然飛遠了些，也會很快飛回來。金維就跟着牠們，翻過了一個山頭又一個山頭，一直到過了中午，金維估計至少已經走出了五六十公里，這才看到鷹羣飛低，引他下山，終於來到了「何氏雞場」的門口。

當金維來到雞場門口的時候，心中的訝異實在難以形容。

六、人鷹之間

他一看到雞場的招牌，就知道這裏就是昨晚我和他說起曾經發生很多怪事的那個雞場。

他絕沒有想到鷹羣會把他帶到這個地方來。

經過昨天晚上他和我的詳談，他對這個古怪的雞場早有了一定程度的了解。所以這時候他更感到怪上加怪。

他沒有立刻走進雞場，而是先留意把他帶到這裏來的鷹羣的行動。只見那一羣麻鷹在到了雞場之後，只在雞場上空盤旋，發出一陣又一陣刺耳的聲音。

金維不明白這種聲音代表甚麼意思，他看到鷹羣越飛越高，像是把他帶到這裏，任務就已經完成一樣。

金維心中驚疑不定，他知道這個雞場現在屬於白素和紅綾所有，所以他在走進雞場之前，先大聲問：「有人沒有？」

他一面問，一面向雞場內走去，幾乎每走出一步就問一聲。

我在聽金維說到這裏的時候，就感到事情有些不對頭。可是不對在甚麼地方，卻又說不上來。

刹那之間，我只感到十分不安，站起來又坐下好幾次。

當時金維坐在竹椅上，我坐在床邊，那是一張竹床，我每次站起又坐下，都令得那張床發出吱吱咯咯的聲響，很是難聽，也更擾人心神。

正在敍述的金維終於忍不住，抗議道：「你要坐就坐，要站就站，別那樣坐立不安好不好？」

我心中很煩躁，道：「你管你說，理我幹啥？」

金維也焦躁起來：「我要說的事情已經令我幾乎神智不清，不知道該如何說才好，你在一旁不斷擾亂視聽，叫我怎麼說得下去！」

我勉力定了定神，知道金維的遭遇必然怪不可言，所以他才會這樣子。我走到房間角落，靠牆站定，做了一個手勢，請他繼續說下去。

金維深深吸了一口氣，才往下說。

他一面大聲叫着，一面向前走，已經走到雞舍的旁邊，仍然沒有任何人回應他的叫喚。

我心中想：那是一定的事——白素和紅綾不會在雞場，如果她們在雞場的話，在留言中會說明，由於那雞場中發生的怪事太不可測，所以她們每次到雞場去總讓我知道。

我正在想着，金維繼續在說着，金維所說的他的經歷，又使得我直跳了起來。

金維像是料到了我會有這樣的反應，他也跳了起來，雙手按住了我的肩頭，要我坐下來。

我沒有反抗，而是在他的手還沒有離開我肩頭的第一時間就疾聲問他：「你剛才說甚麼？再說一遍！」

其實他剛才所說的我聽得很清楚，只是我實在無法接受他所說的事實，所以才要他再說一遍。

金維望定了我，緩緩地道：「我看到一個身形高大的女孩子，從雞舍的一邊轉過牆角來。」

他看到了一個身形高大的女孩子走過來，雖然他只用了身形高大這個形容，可是我一聽就知道這女孩子是紅綾。

這就是我不能接受他的話的原因——因爲紅綾不應該在雞場！

紅綾其實也有可能到雞場去的，可是不知道爲了甚麼原因，我強烈的感到「金維看到紅綾」這件事有問題。

金維後退了一步，雙手揮動，像是想做手勢，可是又不知道該如何做才好。他甚至於可以和鷹羣溝通，然而這時候他卻不知道該如何和我溝通，由此可知他的思緒紊亂到了甚麼程度。

過了一會，他才道：「你能不能別打岔，等我說完了之後，再來分析究竟發生了甚麼事。」

我既然看出他思緒紊亂，當然不會再打斷他的話頭——不然只有使他的敍述更加混亂。

我點了點頭，金維苦笑：「現在正需要大量好酒！」

我也苦笑：「不必好酒，劣酒都好——現在我才明白何以古人在需要酒的時候而沒有酒，連醋都是好的！」

金維深深吸了一口氣，才繼續說他的經歷。

他一看到那個身形高大的女孩子，也立刻想到這女孩子就是衞斯理的女兒紅綾。

奇怪的是，當他看到紅綾的時候，紅綾距離他不會超過十公尺。而且他一直在大聲叫喚，照說就在近距離的紅綾沒有聽不到的道理，然而他卻一直沒有得到任何回應。

而更令得他感到怪異莫名的是，他在看到了紅綾之後，和紅綾打了一個照面，他先向紅綾揮手，發出了聲音。可是紅綾仍然一點反應都沒有，那情形就像是他根本不存在一樣！

紅綾雖然和他打了一個照面，可是視線並沒有在他身上停留，而是立刻轉移。

金維立即發覺紅綾在東張西望，像是要找尋不知道甚麼東西，看起來像是根本沒有看到他。

金維略停了一停，直向紅綾走過去，一直來到紅綾身前，他向紅綾伸出手來，道：「我知道你是紅綾，我叫金維，昨晚和你父親喝了一晚上的酒，是一羣麻鷹把我帶到這裏來的。」

他講那幾句話，至少也花了十多秒的時間，他那麼大的一個人就站在紅綾的面前，可是紅綾卻看也沒有向他看一眼，依然東張西望，而且像是完全沒有聽到金維的說話，反倒自顧自發出了一陣很古怪的聲音。

這時候金維的感覺眞是難以形容！

他一生之中，頗有怪異的經歷，可是卻從來也未曾遇到過這樣和人面對面卻被當作不存在一樣。

他一方面感到奇怪，一方面也不免尷尬，伸出去的手也不知道是收回來還是不收回來。

雖然在如此奇特的情況下，可是金維還是一聽就聽出紅綾發出的那一陣聲音，和他那套哨子發出的聲音十分類似，由此可知紅綾是在召喚她的神鷹。

對於紅綾隨口就能發出這樣的聲音來，金維十分佩服。而且這時候他也聽到了有飛禽飛過來的聲響，所以他後退了幾步，看會有甚麼事情發生。

接着他感到一陣勁風從身邊掠過，一頭鷹就在他身前飛過，翅膀幾乎掃到他的臉上。

那鷹飛過他身前，就停了下來，離他不過一公尺。

只見那鷹並不是很大，可是神駿無匹，顧盼之間，氣象萬千，絕對不在身體龐大的大羊鷹之下，確然有非同凡響的氣概。

金維大是欣賞，他當然知道這頭鷹就是紅綾的神鷹——他聞名已久，此刻見了，果然堪稱一個「神」字！

那神鷹停在離紅綾約有三公尺處，紅綾急急忙忙向牠走過去，可是神鷹卻連連後退。

金維在這時候只感到事情詭異之至，因爲神鷹在後退的時候，並不是跳躍後退，而是一步一步走着後退的。

一時之間金維的腦筋有點轉不過來——他發現自己雖然長時間和鷹羣相處，可是這時候竟然不能肯定鷹是不是會走路。

因爲在他的印象之中，鷹總是在天空之上盤旋翱翔，很少有在土地上行動的時候。

可是無論如何，看到一頭鷹倒退着行走，在感覺上又是詭異又是突兀。

而且這時候神鷹的動作，分別是不想紅綾接近。這一點對金維來說，也極度不可思議，因爲他知道神鷹和紅綾幾乎兩位一體，親密無比，斷不應該有神鷹不喜歡紅綾接近的道理。

可是，接下來發生的事卻證明事實確是如此。

紅綾看到神鷹一直在後退，她走了幾步，也就停了下來，發出了一連串的古怪聲音。

那神鷹也不再後退，也發出一大串聲音來。

一人一鷹所發出的聲音，顯然屬於同一範疇，金維雖然一點都聽不懂，可是卻可以肯定那是鷹的語言。

他花了十多年功夫希望和鷹溝通，結果製成了一套哨子，已經認爲是了不起的成就。如今看到紅綾竟然可以用鷹的語言和鷹溝通，他又是羨慕又是佩服。

他知道自己並沒有找錯人，找紅綾來做他和大羊鷹之間的翻譯，是地球上最恰當的人選。

他在感到高興的同時，也看出紅綾和神鷹之間的情形很是不妙。

眼前的情景，不論是雙方發出聲音時的腔調，還是雙方在發出聲音時身體的動作，都很清楚地說明雙方正在發生激烈爭吵！

神鷹的臉上自然沒有表情，可是牠一面發出聲音——高吭而刺耳，一面還不斷拍打雙翅，以表示牠激動的情緒。而紅綾的神情也越來越焦躁，看起來人和鷹之間的爭執非比尋常，可惜金維一點也不知道他們在吵些甚麼。

當金維敍述到這裏的時候，我雖然遵守諾言，沒有打斷他的話頭，可是神情之間顯得頗不耐煩。

不過金維皺着眉，一面像是努力在想當時的情形，一面敍述，並沒有留意我的表情。

我心中已經否定了金維所說的情況，同時不住地在心中暗暗說「胡說八道」。這還是由於我對金維十分敬重的緣故，不然一定會在心中罵他「放屁」了。

因爲我太清楚紅綾和神鷹之間的感情了。

雖然說就算是兩個最親愛的人之間，也不免會發生爭執，可是紅綾和神鷹之間卻不會。

因爲兩者之間發生爭執，那只是人類的行爲，而不屬於鳥類的行爲，鳥類如果認定了你是朋友，絕不會在行爲上和你有任何衝突之處。

普通的禽鳥尚且如此，何況那神鷹和紅綾之間的關係早已確定，人和鷹之間會爭吵，眞是不可想像。

我其實並不是眞的以爲金維是在胡說八道——金維沒有理由編一個如此荒謬的故事來騙我。

我在聽到這裏的時候，心中已經知道是怎麼一回事了。

金維進入了幻境！

這是顯而易見的事——金維可能是一進入雞場，腦部活動就被外來力量侵入，使他產生了幻覺，進入幻境。

那情形和我上次在雞場進入幻境的情形有點類似，可是又不盡相同。我發現進入幻境的情況，就算發生在同一個人身上，也會大不相同——我上次和這一次進入幻境的情況就完全不同。

我認爲我上次進入幻境，見到了何老頭，是眞有其事——這種情形十分複雜，所謂眞有其事，是說在以前的某一個時間，眞的發生過何老頭一個人在雞場的事情。在這種情形的幻境中，我遇上了何老頭，何老頭也遇上了我，所以我和他互相看得到對方，也可以互相交談。

而金維的情形不同，在幻境中，他只是一種「單方面的存在」，他可以看到紅綾，可是對紅綾來說，並沒有同時進入同樣的幻境，所以紅綾根本看不到他——這就是爲甚麼紅綾對他的動作叫嚷完全沒有反應的緣故。

而且金維在幻境中看到的情形，也根本不是「眞有其事」的，只是他的幻想，情況和做夢類似。

至於他爲甚麼會在幻想中產生紅綾和神鷹激烈爭吵的畫面，那就不得而知了——就像一個人做甚麼樣的夢，不但他人不知道，連他自己都無法控制。

想到了這些，再聽金維的敍述，不管內容如何荒謬，也就心平氣和，不會再在心中暗暗罵他了。

（當時我對自己的想法毫不懷疑，因爲這樣的想法很合理。）

（我認爲自己的想法合理，是由於金維的敍述太不合理的緣故。）

（相形之下，當然我相信合理的一邊。）

（雖然後來事態的發展和我想的不同，但當時我實在無法知道以後的事情。）

金維在繼續說下去。

他看到紅綾和神鷹越吵越激烈，想去勸架。可是他又實在不知道如何開口才好。一來他不知道紅綾和神鷹爲甚麼吵架，二來他可以勸得了紅綾，可是如何去勸神鷹？

所以他還是只好做個旁觀者。

只見紅綾看來越來越生氣，大聲叫着，突然衝過去，舉腳向神鷹就踢。

她當然沒有踢中，神鷹展翅飛起，避了開去，然後雙方突然靜了下來——這種情形就像是兩個本來很親的人忽然吵架，其中有一個在情急之下，說了不應該說的話，或者做了不應該做的動作，使雙方都感到事情發展到這一地步，在意料之外，所以吵架就停頓。

這時候使吵架雙方都感到意外的，當然是紅綾居然用腳去踢神鷹。紅綾的動作並不是要向神鷹發動攻擊，而是在盛怒之下的行爲。這種行爲含有對對方相當輕視的程度在內——人絕對不會去踢一個自己很敬重的人。

本來在紅綾和神鷹之間，雙方都很尊重對方，而且我也深知神鷹的自尊心很強，所以紅綾的動作，恐怕連她自己都會感到意外。

當金維說到這裏的時候，我心中在想：金維雖然是在「做夢」，可是他的夢境居然對紅綾和神鷹的性格相當了解。

金維繼續說着。

紅綾和神鷹互相望着，紅綾突然口吐人言。

（金維這樣說實在很混蛋，因爲紅綾本來就是人，當然說的是人言。）

（可是又難怪金維，因爲紅綾一直都用鷹的語言在吵架，忽然說起人話來，自然而然使得本來思緒就很紊亂的金維在一時之間不能適應，所以才有了這樣的形容。）

（由於我了解當時的情景，因此我沒有抗議金維如此說法。）

紅綾大聲道：「你不要以爲我會道歉，我，不，會！」

聽到這裏，我不禁嘆了一口氣——紅綾實在還是一個小孩子，所以有孩子氣的行爲。

小孩子當知道自己做了錯事之後，雖然口中不肯認錯，可是他口中的堅持，恰好和他內心所想的相反，只是不知道該如何轉彎而已。

我在想，如果吵架的另一方是我，那事情就再容易解決不過，我只要笑着，再加上一些小動作，例如伸手指向她，或者看着她搖頭等等，她就會知道自己不對，立刻道歉了。

可是神鷹怎麼會懂得這樣做！

我正在想着，金維接下來所說的卻令我大大愕然。

那神鷹顯然聽明白了紅綾的話，只聽得牠一聲怪叫，突然撲向紅綾，向紅綾的頭上抓去，紅綾連忙在地上打了個滾，才避了開去。

神鷹一擊不中，立刻後退，側着頭望向狼狽跳起來的紅綾，發出了一下怪叫。

金維雖然完全不懂鷹的語言，可是在這樣情形下，他也可以知道神鷹的那一下怪叫，說的正是紅綾剛才所講的話——牠同樣表示牠不會爲剛才的攻擊而道歉！

這一人一鷹，像小孩子鬥氣一樣，眞令人好笑，在一旁看着的金維忍不住笑出聲來。

而紅綾也隨即哈哈大笑，神鷹則發出了一陣叫聲，飛向紅綾，停在紅綾的肩頭上。

看來人鷹之間已經和好了。

由於金維的敍述很是生動，雖然我一早就認定了他是在「做夢」，可是也不知不覺進入了他敍述的情景之中。我感到紅綾和神鷹的行爲實在是人和人之間的行爲——而且神鷹的性格、智力程度，和紅綾幾乎相同！

剛才我還在想神鷹不會知道紅綾的小孩子脾氣，可是神鷹對付紅綾的辦法，卻比我想的更好。

動物之中，據說黑猩猩和海豚都有四歲孩子的智力，如今神鷹的智力當然不止如此——牠甚至於可以和紅綾鬥氣！

我雖然早知道那鷹很通靈，不然也不會叫牠「神鷹」了。可是一頭鷹竟然智力如此之高，總不是正常的情形。

黑猩猩和海豚的智力高，是普遍的現象，而這頭鷹的情形卻是突出的現象，普通的鷹絕不可能有那麼高的智力。

這說明在這頭鷹的身上，一定有一些事、一些變化在發生。

當我想到這一點的時候，我心中起了一股十分詭異的感覺，產生了一種不願意再想下去的情緒。而且我立刻找到了不想下去的理由：一切既然全是金維的幻覺，我何必多費腦筋去想它！

我吸了一口氣，不再去想，金維敍述得很入神，顯然不知道我曾經想到些甚麼。

紅綾當時反手在神鷹身上輕輕地拍着，嘆了一口氣之後，又嘆了一口氣。

我聽到這裏，心中笑了起來，心想：幻覺畢竟只是幻覺，這一點就大大地不對頭了——紅綾心中沒有「憂愁」這兩個字，所以她從來也不會嘆氣！

我沒有表示意見，讓金維繼續說下去。

紅綾在嘆了兩口氣之後，向神鷹道：「我是爲了你着想，如果你不領情，我也沒有辦法，只好由你自己決定。」

紅綾這兩句話是人的言語，所以金維聽得懂，可是他卻無法了解其內容。

神鷹低着頭，像是牠自己也很難決定。

紅綾又道：「你要是眞的難以決定，何不去問一問你的老朋友？」

我聽到這裏，心中又不禁疑惑：神鷹哪裏來的甚麼老朋友？這一定又是金維的幻覺。

可是再聽下去，卻又覺得這「老朋友」確有所指。

只聽得紅綾又道：「這阿拉伯老頭只有你才知道他在哪裏，你眞的需要去聽聽他的意見。我們來一個協議，他如果同意我，就照我的意思做；他如果同意你，就隨你。你看怎麼樣？」

神鷹聽了，好一會沒有反應，一動也不動，倒像停在紅綾肩頭的是一個木雕的鷹一樣。

金維在這時候忍不住插了一句口：「是甚麼事情那樣難以決定，能不能讓我聽聽？」

他說得很大聲，可是不但神鷹沒有反應，連紅綾也仿若未聞，令得金維大是尷尬。

我聽到這裏，很想告訴他，當時的情形只是他的幻覺，他在他的幻覺中見到了紅綾，紅綾卻根本不知道他有這樣的幻覺，並沒有出現在他的幻覺中。

（在這個故事中，產生幻覺和進入幻境是主要的故事內容，所以有一種很古怪的情形，必須加以說明。）

（要說明這種古怪的情形，相當困難，我發現人類文字很難表達得完全淸楚，我只好盡力而爲，必要的時候我會多舉例子——不過請注意，所有的例子都不會百分之百的恰當。）

（這種古怪的情形是：當人產生幻覺或進入幻境時，遇到別人的時候，有兩種情況。）

（一種情況是：別人也進入了他的幻境或幻覺之中，和他有接觸。）

（另一種情況是：別人並沒有進入他的幻境或幻覺之中，所以他不能和幻境中的其他人接觸。）

（金維這時候的情況屬於第二種。）

（難以表達的是第一種情況——人怎麼能夠進入他人的幻境之中呢？）

（不久之前，我記述過一個名爲《傳說》的故事，在這個故事中就有這個說不清楚的問題。出現的情形是許多人，甚至是全世界人都有可能進入同一的幻境。在這種情形下，進入幻境的許多人，一方面在這個幻境中出現，同時他也有眞實的生活，或者另外又出現在第三名甚至更多人的幻境之中。）

（是不是越說越不明白了？可以不加理會，只看故事。）

（因爲這實在是難以徹底弄明白的事。）

（譬如說，我現在正在記述的這個故事，那是我身在幻境中的事，還是眞實的？）

（老實說，我沒有辦法給你確切的回答。）

當時我想提醒金維一切全是他的幻覺，可是我想了一想，還是沒有開口。

因爲我覺得事情和我最初想像的有點出入。

我以爲金維遇到了紅綾是他「產生了幻覺」，可是現在我覺得他有可能是「進入了幻境」。

這兩種情況並不相同。

產生幻覺，他看到的遇到的一切都只是他想像出來的，實際上並沒有發生過這樣的事。

進入幻境，他看到的遇到的一切，是眞正發生過的，並不是他的想像。

這其中差別甚大。使我改變了想法的原因是紅綾對神鷹所說的那番話，那些話實在不是金維能夠平空想得出來的。

因爲神鷹原來屬於阿拉伯奇人倫三德所有，由於對神鷹的尊重，紅綾才把倫三德稱爲神鷹的「老朋友」，而不說「舊主人」。

這個習慣是紅綾獨有的，知道的人很少，金維肯定不會知道。而在他的敍述中居然講出紅綾說出了這樣的話，由此可知，他見到的、遇到的是眞正發生過的事情——他進入了幻境！

本來他是產生幻覺或是處於幻境，對我來說沒有甚麼關係。可是他在幻境中卻遇到了紅綾，而且經歷了紅綾和神鷹吵架這種不可思議的情事。

我一直不知道紅綾和白素在那個雞場中做了些甚麼事情，她們不說，我也沒有問。

如今我至少知道紅綾曾和神鷹吵架，雖然根據金維的敍述，人鷹之間很快言歸於好，可是我知道這人鷹之間會發生爭吵，一定是曾經有很嚴重的事情發生過。

既然有很嚴重的事情發生過，紅綾爲甚麼不來和我商量？我甚至於可以肯定，她也沒有和白素說起——因爲白素若是知道我們的女兒有問題，一定會告訴我的。

這種情形，在女兒已經長大了之後，本來是一定會發生的——兒女必然不會每一件事都告訴父母。可是我知道紅綾如果和神鷹發生了衝突，她必然會很難過。在女兒很難過的時候，父母不能幫助她，當然不是愉快的事情。

所以當時我心情很不好，對金維道：「你終於沒有使紅綾感到你的存在，是不是？」

金維對我的推斷並不感到奇怪，他道：「你已經想到了？」

我點頭：「是，你進入了幻境，可是情況和我那次進入幻境有所不同——紅綾並沒有進入你的幻境，所以那時候對她來說，你是不存在的！」

七、幻境與現實

金維皺着眉，在努力消化我的話——我說過這種情況不是很容易了解的。

過了一會，金維若有所悟地點了點頭，像是在自言自語：「我是進入了幻境，看到了發生過的事情，看到的一切，並不是我的幻覺。」

他能夠這樣說，表示他對於這種怪異的情況已經有了相當程度的理解，他的確有着極高的理解能力——非人協會的會員當然不是打獵好就可以當的。

我立即道：「你見到的一切，都曾經發生——事情和紅綾有關，請你說詳細些。」

金維感到很委屈：「我還說得不夠詳細？」

我苦笑：「對不起，事情一和女兒有關，我就不由自主感到緊張。」

金維吸了一口氣，繼續敍述。

當時神鷹呆了好一會，才點了點頭，突然騰空而起，直衝向天，快絕無倫，等到金維知道發生了甚麼事，抬頭看去，神鷹已經成了一個小黑點。

金維雖然從頭到尾不知道發生了甚麼事情，可是這時候也當然知道神鷹是去找牠的「老朋友」去了。

他本來想憑自己對鷹的認識，來排解紅綾和神鷹之間的爭執，可是他出了聲之後，紅綾對他根本不加理睬，那使他感到無趣之至，一時之間不知如何才好。

只見神鷹飛走之後，紅綾抬着頭，怔怔地望着天上，也不知道她在想些甚麼。

金維等了一會，紅綾還在發楞，金維忍不住走向前去，在紅綾面前搖了搖手，紅綾仍然視而不見，忽然又嘆了一口氣，道：「做一頭鷹有甚麼不好？自由自在在空中翱翔，哪像人，雙腳定在地上，想飛只有在做夢的時候！」

她說着，身子向上跳了好幾下，像是想證明她的話：人是飛不起來的。

然後她又搖了搖頭，神情很是不解，轉身走了開去。

這一切把金維看得目瞪口呆——倒不是紅綾根本把他當作不存在，而是他在想紅綾究竟爲了甚麼事情而煩惱？她和神鷹又爲了甚麼而吵架？

金維說到這裏，向我望來。

我也在想同樣的問題，雖然還沒有答案，可是心中突然升起了一股莫名其妙的恐懼感。

因爲我想到了紅綾和神鷹吵架的原因！

雖然我早已經想到過紅綾對這個雞場如此有興趣的原因是爲了神鷹——在雞場中有公雞幾乎變成人的情形發生過，說明雞場是一個極其特殊的環境，在這個環境中，生物的生命形式有可能發生極大的改變，從其他的生物變成人。

成精！

紅綾想她的神鷹成精！

想到過這一點，和這一點眞的會變成事實，有很大的差別。

單是想到這一點，只覺得很有趣——生命形式根本的改變，在想像中是一件古怪透頂、浪漫有趣的事。

然而如果這樣的事情眞正變成了事實，那就有很多現實問題需要面對。

如果神鷹眞的變成了人，成了精，他當然是鷹精，他的外表是人，他的內在是不是也徹底成了人？他是一直以人的形態出現，還是忽然會現出鷹的原形？他還會不會飛？是不是吃生的肉類？他的長相如何，會有一個鷹鈎鼻嗎？

……

太多的問題要面對，更主要的是這個成精了的鷹，性格如何？如果還保持了鷹的性格，他如何能夠在人的社會中生活？

實在太多問題，越想越令人感到難以想像，會發現這種事實其實並不有趣，而且非常難以面對！

我相信紅綾正是遇上了這一個問題。

在開始的時候，她興致勃勃，想使神鷹成精，到後來，神鷹成精眞的成爲可能的時候，她想到了許多現實問題，又想神鷹不要變成人，還是做她的鷹。

可是到了這時候，神鷹卻不肯回頭，牠要成精，要變成人！

於是人鷹之間意見分歧，開始劇烈地爭吵。

我推測到了這裏，更感到莫名的詭異——這個雞場的特殊環境，竟然確然可以使生物的生命形式起根本的變化，生物在這裏眞的可以成精！

雖然種種生物和非生物成精的記載，不知道有多少，可是等到眞正知道生物在某種情形下會成精，感覺還是十分異樣，使人思緒極端紊亂。

尤其是知道將要成精的生物，和自己的關係十分密切，感覺就格外異樣——我知道雞場以前的主人是一種蛇成的精，並沒有甚麼太特別的感覺，因爲這個蛇精和我沒有關係。而這頭神鷹幾乎已經成了我家中的一份子，忽然成精，實在難以想像，其怪異程度，堪稱絕頂。

紅綾和神鷹之間的意見分歧，是在於紅綾感到神鷹不如繼續做鷹，而神鷹卻想成精。

從這一點來看，神鷹並沒有自己使自己成精的能力——如果牠能夠使自己成精，牠就不必和紅綾爭吵，自顧自去成精便是。

所以可以假定神鷹要成精，必須得到紅綾的幫助。

問題一個接一個而來：紅綾又是從哪裏來的能力可以幫助神鷹成精呢？

事情發展到了這一地步，我覺得有必要再詳細考慮金維剛才的敍述。

剛才我在聽金維敍述的時候，並不認眞，只是把它當作是金維的幻想。而現在我知道那是金維進入幻境之後的遭遇，也就是說那是眞正發生過的事情，一切當然要重新考慮。

金維確然敍述得很詳細，從神鷹出現時候的神態，一直到牠和紅綾吵架，以及和紅綾針鋒相對的行動，回想起來，簡直不像是一頭鷹，倒十足像是一個人！

至少也有七分像人！因爲那些行動，全都是人的行爲，遠遠超出了鷹的行爲的範疇——儘管牠是「神鷹」，牠應該始終是一頭鷹，而不應該有人的行爲。

然而牠居然有了人的行爲。

這說明了甚麼？

我想到這裏，不由自主感到了一股寒意，向金維望去，金維神情異樣（我想我也差不多），我們兩人顯然都想到了同一個答案。

那答案就是：**這頭神鷹已經開始成精了！**牠之所以會有人的行爲，是因爲牠的生命形式正向人的生命形式在轉變，生命形式的轉變顯然先從內部開始，然後再到外形。

生物的行爲由腦部活動來控制，也就是說神鷹現在的腦部已經有類似人類腦部的活動。

人類的腦部和鷹的腦部當然大不相同，最明顯的不同之處是大小不一樣，人類的腦部大得多。所以神鷹如果要越來越向人的方向發展，牠的腦部也必然越來越大，而牠原來的頭部就容納不下，所以牠的頭部也要起變化——向人頭的大小和形狀發展。

也就是說在成精的過程中，外形的變化是從頭部開始，先有了人的頭部，然後再漸漸有人的身體。

在成精過程完全完成之後，倒並不十分可怕，可是想想一顆人頭卻長在一隻鷹的身上，卻使人難以接受。

金維所想的和我完全一樣，所以這時候他忽然冒出了一句話來：「紅綾不知道是不是也感到這種情形難以接受，所以才要神鷹放棄繼續成精的過程。」

我突然有很疲倦的感覺，搖了搖頭：「已經遲了，神鷹的腦部既然已經踏上了成精的道路，牠自己有了主見。想像之中，所有的生物一定非常傾向做人，所以神鷹不肯放棄。」

金維道：「顯然需要紅綾的幫助，神鷹才能徹底完成成精過程，要是紅綾不想繼續，神鷹也無法可施——如果要中止，現在是最後機會，如果到了牠的頭變成了人頭，那時候再來中止，可就太遲了！」

我苦笑：「不知道紅綾是怎麼想？」

金維立刻答道：「紅綾當然想現在就中止。」

我也認爲紅綾不想把這個「遊戲」再繼續下去，因爲結果會怎麼樣實在太不可測了。而且紅綾如果不是想停止，也不會和神鷹發生爭吵了。

不過我很明白紅綾的心思，她不想強迫神鷹放棄，而是想說服神鷹自願放棄，她不想神鷹不高興。

她的說服工作顯然不成功！

金維搖了搖頭，接下去道：「紅綾是想神鷹自己停止成精的過程，可是神鷹不肯，紅綾爲此很傷腦筋。」

雖然我和金維許多的想法都一致，可是我並不認爲他對紅綾有和我同樣程度的了解，所以聽了他這樣說，我就知道他在幻境中還有所發現。我向他做了一個手勢：「請說下去，神鷹走了之後，紅綾又做了些甚麼？」

金維向我點了點頭，表示我的推測正確。

在紅綾走開去的時候，金維又叫了紅綾一聲，但由於紅綾根本沒有進入他的幻境，對紅綾來說，當時根本沒有金維這個人存在，自然金維叫了也是白叫。

她自顧自向前走，一面走，一面還不斷向天上看，可知她對神鷹十分關心。

金維見從頭到尾紅綾完全沒有發現他的存在，他也知道事情有些不對頭了。不過當時他卻想不到是甚麼原因。

他看到紅綾急急向前走，他就自然而然跟了上去。

只見紅綾直向一棟房舍走去。

雞場中除了雞舍之外，只有兩棟房舍。一棟就是現在我和金維在說話的那棟，也就是何老頭的住所。另一棟是何可人（那個蛇精）的住所。上次我來的時候進去過，這次還沒有機會去到。

兩棟房舍相距並不是很遠，在何老頭的住所中完全沒有紅綾和白素活動過的跡象，由此可知紅綾和白素在雞場的時候，只用了以前何可人的住所。

其原因可能是因爲白素知道何老頭爲人十分卑鄙，所以不想進入他的住所。一方面白素對何可人這個蛇精十分有好感，她在和何可人離去前進行談話之後，曾經說過：「何可人這個由蛇變成人的例子，堪稱是世界上最奇怪的事情，本來非常值得研究，可是何可人並沒有正面承認自己是由蛇變成的蛇精，我看她不想暴露她眞正的身分，想像之中，她一定竭力掩飾這種怪異莫名的身分，所以我不忍心爲難她。」

當時我很想說她不應該就此放過了何可人——錯過了這個機會，上哪裏再去找一個精怪來做研究？就算眞的有一個精怪站在面前，他人模人樣，怎麼知道他是甚麼東西變的！

不過我還是沒有說甚麼，因爲我知道白素不會強迫旁人做不願意做的事。

那時候金維看到紅綾走過去的房舍，就是原來何可人的住所。

金維看到紅綾到了房舍的門口，略停了一停，忽然重重頓足，大聲說了一句：

「眞不聽話！」

那時金維跟在紅綾的後面，越跟越近，已經到了伸手可及的地步。金維剛想伸手去拍紅綾的肩頭，心想：我叫你你裝作聽不到，我拍你的肩頭，你總不能再裝不知道了吧！

而紅綾就在這時候忽然大聲說話，倒把金維嚇了一跳，連忙縮回手來。

紅綾在說了這樣的一句話之後，又搖了搖頭，再道：「也不能怪牠，是我開的頭，是我不好，是我不好！」

她一面責怪自己，一面竟然用力打自己的頭。

金維知道我疼愛女兒，連忙想要阻止，可是當他伸手想去拉住紅綾的手，不讓她自己打自己的時候，竟然抓了一個空。

金維在那一剎間，伸出去的手僵在半空，不知道發生了甚麼事。紅綾明明在他的眼前，可是金維的手，碰到的只是空氣。紅綾整個人，只是一個虛影！

金維的吃驚簡直難以形容，一時之間無法弄清楚是怎麼一回事，他不由自主向後連退了幾步。

他還沒有站定身子，紅綾已經推門走進了房舍，順手把門關上。金維大叫一聲——他那聲大叫其實一點意義都沒有，只不過是在心煩意亂之餘的一種發洩而已。

他叫着，衝向門口，用力敲門。

敲了幾下，沒有人應，金維承認他自己這時候由於遭遇實在太過怪異，所以雖然他經歷豐富，精神狀態也不免有點不正常，竟自然而然抬腳向門就踢。

他才踢了一腳，就把門踹了開來，這時候他已經開始鎭定，所以爲他自己的行爲怔了一怔，自然而然說了一聲「對不起」。不過他立即發現自己並沒有道歉的對象。

因爲他一眼就看得淸淸楚楚：屋子裏根本一個人也沒有！

當金維敍述到這裏的時候，我站了起來，雖然沒有說甚麼，可是用行動表示了對他的敍述有意見。

我曾經到過何可人的房舍，還記得屋子裏的情形，屋子分成外間和裏間，裏間是睡房，外間放了些桌椅，所以金維站在門口，最多只可以肯定外間沒有人，就算通向裏間的門開着，他也不能看到全部裏間的情形，所以他不能肯定「屋裏根本一個人也沒有」。

金維看到了我的反應，苦笑道：「你不相信？」

我搖了搖頭：「你站在門口，看不到裏間的情形，怎麼能夠肯定沒有人？」

金維呆了一呆：「甚麼裏間？」

我也呆了一呆：「甚麼『甚麼裏間』？」

金維揮了揮手：「我看這其間有誤會。那房舍裏面沒有甚麼裏間和外間之分，一眼就可以看得清清楚楚，而且也絕對不像是有暗室的樣子。」

我焦躁起來：「你當時處於幻境之中，看到的情形作不得準。」

金維瞪了我一眼：「剛才你還說我在幻境中看到的一切都是實際上發生過的事！」

我不禁無言以對——剛才我確然如此說過，而現在我還這樣認爲。不過這種怪異的現象非常容易引起思緒紊亂，一時之間，我又把他處於幻境當成是他的幻覺了。

然而我還是搖頭：「那房舍分外間和裏間，並不是一眼可以看到全部。」

金維張口，我不知道他原來想說甚麼，但可以肯定他忽然改了口，他笑了笑，道：「何必在這個問題上爭論？只有幾步路，走過去看看就知道了。」

他說得如此有把握，我怔了一怔，點頭：「好，就過去看看——或許白素和紅綾曾經改造過房舍內部的結構，從那次之後，我一直沒有來過。」

金維也點頭：「是必須到那裏去——有一些情形要在那裏才說得明白。」

我和他一起走出去，外面天色很黑。本來也沒有甚麼，可是由於我們知道這個地方大有古怪，說不定在黑暗之中突然會冒出一個人頭和不知道甚麼樣的身體的組合，我雖然膽大，想起來也不禁汗毛凜凜。

何可人的住所大約在三十公尺之外，在黑暗中影影綽綽可以看到房舍的輪廓，黑沉沉地，有一股說不出來的妖異之感。

我和金維兩個人都算是曾經經過各種風浪的人了，可是這時候走那三十公尺的距離，竟像是遙不可及一樣。而且我們兩人自然而然肩並肩向前走——都是一樣的心思，要是眞有甚麼怪物跳出來，好容易應付。

我承認那時候我有莫名其妙的心怯，因爲對於生命形式改變這件事，儘管在理論上說很有娛樂性，可是實際眞的發生，實在不知道如何接受才好。

後來金維在向有關人等說起這段經過的時候，很不好意思，道：「我不知道衞斯理怎麼樣，我實在很害怕——後來想想眞是窩囊，就算有甚麼成了精的東西出現，又有何可怕？蛇精不過是一條蛇，雞精不過是一隻雞而已，就算通過了生命形式的改變，也大不了是一個人，難道還真的會妖法？」

我回應他的話：「當時那種氣氛，詭異之至，實在叫人不知道該如何應付，人對於陌生的事物，總有天生的恐懼感，我們兩人的反應其實很正常。」

這是後話，表過不提。

等到來到房舍的門口，金維伸手輕輕一推，就把門推了開來，他同時解釋：「門給我踢壞了，不能再關上。」

這句話聽來十分普通，我剛想順口答應，卻突然感到大大地不對頭，忙道：「等一等，你說甚麼？」

金維見我神色嚴重，不敢怠慢，連忙把剛才那句話重複了一遍，然後望着我。

我其實早就把他那句話聽得清清楚楚，只不過感到有點不對頭，可是不對頭在甚麼地方，卻又不能一下子說得出來。所以當金維望着我的時候，我只是皺着眉，沒有立刻回應。

這種情形在這件事件中已經屢次發生，之所以會發生這種情形，當然是由於思緒紊亂之故。

而思緒紊亂的根源，就在於幻境和實在之間沒有一個明顯的界限。

譬如說，剛才金維講，那房舍的門因爲給他踢壞了，所以關不上，一推就可以推開。

這話聽來很正常，所說的事情也可以理解。

可是想一想就會覺得不對——他踢壞門，是他身在幻境中發生的事情，怎麼可能延續到現實環境中？

也就是說，他在幻境中做的事情，不應該在現實環境中出現。

除非我們現在根本就是身在幻境之中！

當我想到了這一點的時候，由於分不清自己究竟是在幻境中，還是在眞實中是一件相當可怕的事情，所以我的神情也自然而然變得十分古怪。

金維顯然也在我的表情上看出了問題在甚麼地方。

他用力揮了揮手，大聲道：「難道我們現在都身在幻境之中？」

我無法對這個問題有肯定的答覆，只好苦笑：「如果人在幻境之中，好像不應該知道自己是在幻境中。」

這話在正常的情形下聽來不是很容易明白，可是在我們當時的處境中倒是容易理解。

用另一個方式來說，譬如說，人在夢境之中，都不會知道自己正在做夢，總要等到夢醒了之後才知道原來剛才做了一個夢。

金維皺着眉，對我那並不肯定的回答，認眞想了一會，才道：「這門確然是壞了，那麼事情就只有一個可能。」

我正理不出一個頭緒來，聽得他那樣說，忙道：「甚麼可能？」

金維吸了一口氣：「我進入雞場之後，或者說從我見到紅綾開始，我就進入了幻境。而等到我跟着紅綾來到這裏，紅綾推門進去，我就已經離開了幻境，回到現實，所以我踢門的時候，已經不在幻境之中。」

這解釋非常合理，完全可以接受。

不過問題在於他踢了門之後又發生甚麼事情，如果他又看到了紅綾，難道他忽然之間又進入了幻境？

像這樣幻境和現實完全沒有規律地交替出現，眞會使人神經錯亂！

金維再吸了一口氣：「當時我踢開門之後，向內一看，一個人也沒有……」

他一面說，一面向前跨出了兩步，我跟在他的後面，屋子中很黑暗，甚麼也看不到。

金維在黑暗之中看東西的能力顯然高強之至，他道：「你看，哪裏分甚麼外間和裏間！」

我還是看不到裏面的情形，伸手在門旁摸到了開關，着亮了燈，看到了眼前的情形，我不禁怔了一怔。

確如金維所說，根本沒有外間和裏間之分，和我上次來的時候完全不一樣。本來分隔的牆已被拆去，所有的家具陳設也都不知去向，整個房舍裏面竟然空空如也，甚麼東西都沒有，一眼看去，四面牆壁，清清楚楚，就算有一隻老鼠，也可以看得見。

所以金維的敍述是對的，他當時推開門來，確然一眼就可以肯定紅綾不在裏面。

我於是向他點了點頭，問：「後來又怎麼樣？」

我一面說一面走進去，我們站在空屋子中間，繼續聽金維敍述。

金維猶豫了一下，才道：「當時我絕沒有想到自己進入幻境又脫離幻境，只當紅綾進了屋子後忽然消失，心中驚異莫名，叫了幾聲，又找了一會，仍然一無所獲……」

金維當時實在不知道發生了甚麼事情，他只知道紅綾忽然不見了，他也感到事情不但處處透着古怪，而且事關衞斯理的女兒，實在非同小可。

他又在雞場轉了一個圈，沒有發現，就離開雞場，在附近找到了電話，和我聯絡，偏偏我又不在，他只好留言。

在這一點上，我和金維都相同——我們都不喜歡用隨身可以攜帶的行動電話。這實在不是一個好習慣，很多時候都造成聯絡上的不方便。

戈壁沙漠曾經製造了超小型的行動電話給我使用，可是我還是不肯帶在身上。主要的原因是感到身邊有了這樣的一個東西，人就變得完全沒有了隱秘——不論身在何處，別人隨時都可以找到你，這種感覺令人極不愉快。

用。

看來應該克服這種感覺，行動電話畢竟是人類近年來偉大的發明，應該加以利用。

卻說金維打了電話之後，又回到了雞場。

他完全無法想像剛才在雞場中是怎麼一回事，心中疑惑之極。進了雞場，他先大叫了幾聲，他在大叫的時候根本沒有想到會有人給以回應，可是他的叫聲還在空中迴蕩，就聽得不遠處有人在質問：「誰在號叫？」

金維講到這裏，我忙道：「等一等！」

金維停了下來，我吸了一口氣：「你說有人聽到了你的叫聲？」

金維點了點頭：「是。當時我也沒有感到甚麼特別，現在我知道我又進入了幻境，而這一次進入幻境的情況，是你分析過的另一種——有人也進入了同一幻境，所以他聽到了我的聲音。」

他運用我的說法來解釋他的遭遇，我當然一聽就明白。

八、思想抗拒

金維很能接受我的分析，所以現在他回想剛才的事情，就知道是怎麼一回事。

我問：「那是甚麼人？」

金維現出很古怪的神情，像是這個問題不好回答。

金維當時聽到有人質問，而且語氣不是很客氣，那是一個男人的聲音，像是從雞舍的牆角那邊傳過來的。

金維立刻回答：「我是金維，衞斯理的朋友，剛才我還看到紅綾在這裏和她的神鷹吵架，忽然她就不見了，不知道是怎麼一回事！」

他一面說着，一面循聲向前走去。

在他向前走去的時候，他聽得那男人的聲音在說話，不過聽起來不像是在對他說，而是對另一個人說。

那男人說的是：「你聽聽，這傢伙亂七八糟在放甚麼屁！甚麼紅綾白綾，是不是神經病？」

金維沒有留意那男人的話是不是有回應，因爲那兩句話不但令他十分惱怒，而且也驚訝無比。

令他惱怒的是那人的話，簡直無禮到了極點！

而令他驚訝的是，他已經報了姓名，說明是衞斯理的朋友，可是對方卻完全不知道他在說些甚麼，甚至於連紅綾的名字也沒有聽說過，眞是不可思議之至。

金維說到這裏，我用力揮了揮手：「你又開始進入另一個幻境之中了！」

金維點了點頭：「毫無疑問正是如此，可是當時我卻怎麼樣都想不到這一點。」

金維當時完全不知道發生了甚麼事情，他一面加快腳步，想轉過牆角去，看看說話如此無禮的是何方神聖，同時他也大聲喝道：「你是甚麼人？」

在這時候，金維彷彿聽到牆角那邊傳來了一陣低語聲，可是卻聽不眞切，像是一男一女在交談。

金維心知有異，加快腳步，來到牆角處，只見在他前面十來步之前，一個女子正貼着雞舍的牆向前走着。除了那女子之外，卻不見他人。剛才那口出惡言的男人不見蹤影。

金維怔了一怔，大聲叫：「等一等，你是誰？」

那女子的背影看來十分苗條，向前不快不慢地走着，姿態很是動人，肯定不是紅綾。金維只覺得事情越來越怪，他一面追問，一面奔過去，想追上那女子。

那女子像是知道後面有人追了上來，也加快腳步，很快又轉過了牆角，金維又大叫一聲：「站住！」

那女子並不聽話，一擺纖腰，已經轉過牆角，等到金維追過去，那女子不見了。

金維說到這裏，向我望來，神情疑惑：「我見到的這個女子是甚麼人？」

我吸了一口氣，反問：「你有沒有見到一隻雞，一隻公雞？」

金維苦笑：「你這樣問，等於是問一個正在航海的人有沒有看到水！我是在雞場，到處全是雞，誰會去留意有沒有看到雞！」

金維的話，使我心中一亮，又想到了一個關鍵性的問題。

但是這個問題可以先擱一下再說，還是我剛才想到的那個問題比較嚴重。

我揮了揮手：「那隻公雞特別高大，幾乎可以到人胸口，牠應該跟着那個女子，就在那女子的身邊。」

金維知道何可人的故事，所以我這樣一說，他就明白了。剎那之間在昏黃的燈光之下，他的臉色變得相當怪異，在他喉嚨之中先發出了一陣怪聲，然後他才道：「你的意思是那女子是何可人？」

我點了點頭。

那女子是何可人，這一點絕不足以令得金維神情如此怪異，而是我同時提到了那隻公雞。

在何可人還在雞場的時候，有一隻公雞正在成精的過程之中，何可人離去之後，那隻公雞當然被她帶走。

而在金維的敍述中，我特意提起了那隻公雞，用意十分明顯——金維聽到有男人的聲音在說話，可是只看到了一個女子的背影，所以我的意思是：那口出惡言的男人聲音，並不是眞正出自一個人之口，而是那隻成了一半精的公雞所發出來的！

公雞能夠說人的語言，這是會令任何人吃驚的現象，金維明白了我的意思之後臉有異色，是很正常的反應。

紅綾的神鷹在成精的過程中，已經有了相當程度的人類行爲，可是牠還不能口吐人言。根據我們剛才的分析，成精這種生命形式起變化的過程，從腦部開始。那麼在成精過程中比神鷹又進了一步的那隻公雞來說，牠的形體雖然還沒有改變，可是內在已經起了很大的變化，會說人話是必然會發生的事情！

金維當然也想到了這一點，他連連吸了幾口氣：「好傢伙！我沒有特別留意那女子身邊是不是有雞——到處全是雞，不會引起特別的注意。」

他說了之後，四面張望：「這裏眞的有力量可以使生物的生命形式起變化，那就極有可能有已經成了精的東西在！」

我不否定他的說法，我道：「這一段經歷是你在幻境中的事情應該沒有疑問——因爲現在雞場中一隻雞都沒有，而你卻看到了很多雞，由此可知並非現實。」

金維略想了一想，點頭稱是。

他接着又進一步說明：「當時我奇怪之極，在雞場到處奔走，又不斷大叫，可是再也沒有發現。不知道過了多久，我又回到了這間房舍裏，實在不知道發生了甚麼事情，只好在角落裏坐下來發楞，好像是忽然之間靜了下來……我想那應該是我離開了幻境，接着我就聽到了你的叫聲。」

金維說到這裏停了下來。他在聽到了我的叫聲之後發生的事，已經敘述過，不必再重複了。

我們兩個人在這裏都有奇怪的遭遇，而發生這種事情的主要原因是有一種力量侵入了我們的腦部！

我和金維面面相覷，一時之間不知如何才好。

過了一會，金維才神情古怪的，指着自己的頭，語音乾澀：「它，它……走了沒有？」

我知道金維說的「它」是指那種侵入我們腦部的力量。

要是「它」還在，就表示我們現在根本還處於幻境之中。

只有「它」離開了我們的腦部，我們才在眞實的生活中。

如何分辨這兩種情形，我實在不知道！

而且這個問題，在金維沒有提出之前，我已經想了不知道多少遍，一樣沒有答案。

所以我只好苦笑着搖了搖頭。

金維雙手抱頭，在屋子裏來回走動，突然停了下來，大聲道：「這裏如此古怪，她們在這裏一定大有發現，難道完全沒有向你提起過？」

金維所說的「她們」當然是指紅綾和白素。他這句話提醒了我，要進一步弄清楚這裏的情形，非問她們二人不可！

她們一直沒有向我說起過任何有關她們在雞場中的情形，我也一直沒有問。我沒有問的原因是我以爲她們並沒有任何發現。

可是現在從種種跡象來看，她們顯然並不是沒有發現，而是大有發現！那隻神鷹明顯地處於生命形式的轉變過程中——也就是成精的過程中。

這是怪事中的怪事，而紅綾和白素居然一點消息都不向我透露，眞是難以想像！

雖然我知道她們這樣做，必然有充分的理由，可是我既然想不出她們的理由是甚麼，我心中的感受也就不愉快至於極點！

我哼了一聲：「眞的完全沒有提起過——簡直豈有此理！連她們改裝了這間屋子，我都不知道！」

金維揚了揚眉：「或許是因爲你沒有問她們。」

我苦笑：「或許是——我一定會問。」

金維想了一會：「在這裏，我們還有甚麼事情可做？」

和金維在一起，我覺得和他心意相同，溝通特別容易，這時候聽得他這樣問，我就反問：「你說呢？」

金維吸了一口氣：「如果我現在處於眞實，我倒想再進入幻境之中去！」

金維的回答正是我心中所想！

因爲到現在爲止，我們所得到的資料、所知道的情況，都是來自我們身在幻境時的見聞。所以我們如果要知道更多的情況，只有再進入幻境。

儘管我們知道進入幻境是由於腦部活動受了外來力量控制的結果，自己的腦部活動被不明來歷的力量侵入，實在是絕不愉快而且恐怖異常的事情，但是爲了能知道更多情況，只好這樣做。

我立刻點了點頭，表示同意。

然而金維接下來一個問題，卻令我不知道如何回答。

他問道：「要怎麼樣才能使我們身在幻境？」

我無法回答。

我和他都不止一次進入幻境，可是全都是在不知不覺的情形下所發生的事情。

如今我們主動的想進入幻境，應該怎麼做？

我想了一會，覺得首先應該和那種力量取得聯絡，邀請它侵入我們的腦部。

這實在是一個相當荒唐的念頭——不久之前，我們才想到這股力量是懸在人類頭上的一柄鋼刀，現在卻要請這柄鋼刀落下來，對付我們！

然而除此之外，我不知道還有甚麼方法可以進入幻境。

我想了又想，還是只有這個辦法，所以我道：「我們要主動和這種力量聯繫。」

金維雙手緊握，很堅決地點頭，表示這種力量雖然可怕，他已經豁出去了。

他問道：「這種力量來無影去無蹤，如何與它聯繫？」

我已經有了打算：「這種力量既然能夠和腦部活動發生關係，它就必然能夠接收我們腦部活動所產生的能量，所以我們應該集中精神，想着和它聯繫，把我們要和它聯繫的願望，通過腦部活動所產生的能量傳送出去，也可以把我們邀請它使我們進入幻境的願望傳送出去，它如果能夠接收，就應該有回應。」

金維一說就明白：「這和密宗喇嘛修練『他心通』的功夫相類似。」

他能夠以密宗喇嘛的「他心通」功夫來作比喻，再恰當不過——都是通過思想向對方傳遞消息的一種方法。

我一面點頭，一面忽然想起，這房舍之中甚麼陳設都沒有，極有可能正是白素和紅綾集中精神和那種力量聯繫之所需——屋子中有別的東西，多少會分散注意力。

如果她們正是採用這個方法，倒可以證明這個方法有效。因爲她們顯然已經和這種力量取得了聯繫，要不然神鷹的生命形式如何會起改變？

我相信使人進入幻境和使生物成精的是同一種力量。

這種力量如果廣泛的發揮起來，地球上會形成甚麼樣的混亂，實在難以想像。

一直到這時候，我還是不明白何以白素和紅綾不把這一切對我說。我又想到，神鷹一直和紅綾在一起，我並沒有發現牠有甚麼異樣，雖然我沒有加以特別注意，可是如果說牠有了人的行為而我完全沒有發覺，也很不可思議。

除非紅綾、白素和神鷹串通好了存心瞞我。

然而我不明白的是：她們為甚麼要對我隱瞞？

而且根據金維的敍述，神鷹和紅綾吵架以後，接受了紅綾的提議，去徵詢牠的舊主人倫三德的意見。

想那倫三德是天下第一奇人，自從發現了大山是一個生命之後，不知道藏在哪一座高山的山腹之中，就算神鷹找得到他，也要花上一頭半月。

可是在我的記憶之中，神鷹好像沒有長時間離開過，這又是怎麼一回事？

我的思想相當不集中，想着一件事，會岔開到另一件事去，這種情形對我們想主動和那種力量聯繫十分不利。

所以我不再去想那些問題，向金維做了一個手勢，示意現在就開始行動。

金維點了點頭，在牆角坐了下來，他自然而然使用了密宗喇嘛打坐的姿勢。

看來他在這方面的能力十分高強，想來是由於他長期和密宗喇嘛相處的緣故。道行高深的喇嘛畢生所專研的就是如何集中精神，金維當然也學到了一些竅門。

我慢慢地走了幾步，然後才靠着牆站定，開始集中精神。

雖然把精神集中在一點上並不是我的專長，可是我也可以做到。剛才那種力量侵入我的腦部，我就運用我的精神力量與之對抗，做得也很好。

照說那種力量既然喜歡侵入人類的腦部，遭到抗拒，力量仍然很強，現在我邀請它來，應該一請就到才是。

可是過了一會，卻一點動靜也沒有，我去看金維時，只見他仍然一動不動，也看不出他的腦部發生了變化沒有。

我又努力邀請那種力量進入我的腦部，可是過了沒有多久，我思想到處亂竄的老毛病又開始發作——不知道從甚麼時候開始，我變成去想何以白素和紅綾會對我隱瞞在雞場中發生的事。

在這個雞場中肯定已經發生了怪異莫名的事情——神鷹開始成精，這是何等樣的大事，她們實在沒有不對我說的理由。

唯一的可能是紅綾怕我反對——因爲事情太怪異了。

可是那也和紅綾的性格不符，紅綾就算怕我反對，也不會對我隱瞞，而必然把事情公開和我爭論，甚至於話不投機、不歡而散都會發生，唯有鬼頭鬼腦把事情隱瞞起來，才不可思議。

而且我也不能算是完全沒有問過她們。

我常常問她們，尤其是知道她們在雞場獃了幾天又回來之後，總會問她們：

「事情進行得怎麼樣了？」

雖然我問得不是很正式，只是隨口問問，然而在雞場既然有那麼怪異的情況發生，白素也就應該告訴我。

可是每次當我這樣問的時候，白素的回答總是「沒有甚麼」。

「沒有甚麼」！眞是豈有此理，難道要等到神鷹成了精變了人才告訴我發生了甚麼事？

想到這裏，心中那股憤然之意又油然而生。

我自己對心中有這樣的感覺感到十分吃驚，因爲我和白素之間向來一點隔膜都沒有，白素絕沒有理由對我隱瞞任何事情，如果我在沒有向她問清楚之前，就先在心中埋怨她，那就是我的不對了！

一想到這一點，我頓時心平氣和了許多，也想到我認爲白素對我隱瞞了神鷹處於成精過程，完全是基於金維的敍述。

金維當然沒有理由會編一個故事來騙我，可是問題是他所敍述的一切全是他身在幻境中的見聞。

一開始我還以爲那是他的幻覺——如果眞是他的幻覺，那就甚麼問題都沒有了，因爲實際上根本沒有發生過這種事，白素當然也就沒有向我隱瞞甚麼。可是仔細研究他的敍述，卻又不像是幻覺——有許多細節，不是完全不知情由的他所能平空想得出來的！

不是幻覺，那當然就是眞實，也就是白素對我有隱瞞。

然而我還是肯定白素不可能對我有隱瞞。

這其間的矛盾，似乎無法解決。

當我的思緒走向這一點的時候，別說集中精神去和那種力量聯絡，根本把原來的意圖拋到不知哪裏去了。

一時之間我無法解決這個矛盾，心知必然有甚麼關鍵性的事情是我未曾想到的，於是我又把金維的敍述想了一遍，也沒有甚麼新的發現。

由於事情牽涉到了白素和我之間，是不是存在着我所不知道的隔膜問題，所以我覺得事情很嚴重，卻又一點頭緒都沒有，那令得我的情緒很是焦躁。

我向金維望去，想問他幾個問題，看到他還是一動不動地坐着，這才想起我應該和他一樣，集中精神，設法和那種力量溝通。可是這時候我的思路已經轉不過彎來，我在考慮是不是要把金維從他現在那種狀況中叫回來，先和我討論問題。

當我在這樣想的時候，視線自然而然停在金維身上，我發現金維的神情很是特別。

他和才坐下來開始集中精神的時候神情有所不同，那時看得出他正在用心地集中精神，可是現在看來他的神情卻很鬆散，像是正在沉睡，而且正在做好夢。

一想到他在做夢，我就陡然一怔，知道他可能已經成功了！

在我胡思亂想，思想大開小差的時候，金維可能已經和那種力量取得了聯絡，而那種力量已經侵入他的腦部，又把他帶進了幻境之中！

我望了他一會，只見他臉上神情有很輕微的、不容易覺察的變化，從他的神情看來，他在幻境中的遭遇似乎不壞，至少完全沒有身在凶險之中的表現。

我自然無法知道他進入了甚麼樣的幻境，無法知道他在幻境中又有了甚麼樣的見聞——那完全是他腦部活動的結果。這時候就算我的視線有透視的能力，可以看到他每個腦細胞的活動，也無法知道他究竟進入了甚麼樣的幻境之中！

我不知道是不是每個人進入幻境時都是這個樣子——即使是做夢，每人情形也都不同，有的人甚至還會夢遊！

我只知道在這時候不應該「叫醒」他——他腦部正在進行的活動如果忽然受到了阻礙，不知道會有甚麼樣的後果，要是令到他在幻境中不能回來了，這可是糟糕之極了。

我退到另一個牆角，對金維那麼容易就進入了狀況感到很羨慕，又想他這次在幻境中不知道會有甚麼發現，是不是又會發現白素和紅綾有許多事情沒有告訴我？

這件事竟然令得我的思緒進入了牛角尖，想要擺脫都做不到，自然而然又想到這方面去，確是惱人。

我伸手在自己頭上輕輕敲打，心想：要等金維從幻境中回來，聽他敍述，不如自己也設法進入幻境，說不定可以和他進入同一幻境，那麼在幻境之中就可以和他相會，可以有同一的見聞了。

於是我又開始集中精神。

然而沒有多久，我就發現自己無法成功。

並不是我沒有集中精神的能力，而是我的潛意識對於邀請那種力量進入我的腦部這件事有強烈地抗拒，所以我才無法做到這一點。這個辦法雖然是我提出來的，可是這種「引狼入室」、「開門緝盜」的方法，和我一貫最反對自己的腦部活動不能由自己主宰的主張相違背，所以潛意識就作出了強烈地抗拒。

金維因爲沒有同樣的思想情結，他不在乎有外來力量參與他的腦部活動，所以才容易成功。

我既然放棄了和那種力量聯絡的企圖，就自然而然又想到了白素和紅綾在雞場究竟取得了甚麼成果？神鷹又是在甚麼樣的情形下，開始牠的成精過程？

一想到這一點，我就不由自主搖了搖頭，覺得確然不對頭——如果神鷹眞的開始成精，以紅綾的性格和她的一貫行爲來說，她應該第一時間對我大叫大笑，把這個好消息告訴我。

對紅綾來說，要她把這樣的大事放在心裏不說，只怕比甚麼都要難過，她實在難以做到。

那麼，是不是根本沒有神鷹成精這件事？

想到這裏，我又想到在印象中實在沒有神鷹長時間離開這種事發生過。

就算神鷹只離開兩三天，我也一定可以覺察，除非是紅綾和神鷹一起不在眼前，然而雖然有這種情況，也沒有超過三天的。而神鷹去找倫三德，只怕三天不能夠來回。

我越想越覺得事情不合理，也就是說，唯一的合理解釋就是金維在幻境中見到的不是事實！

得到了這樣的一個結論，我像是心頭放下了一塊大石，長長地舒了一口氣，瞪了金維一眼，心想：你在幻境中不知道爲甚麼會有這樣的事情發生，幾乎連累我和白素、紅綾之間產生了隔膜！

就在這時候，我看到金維的神情又起了變化，他五官都在牽動，非常詭異。

這種神情一看就知道他這時候一定看到了非常奇怪的情景。

要令金維這樣見多識廣的人，現出這樣的神情來，那奇怪的情景必然非比尋常。

不過我並不感到特別，因爲上次在幻境中他居然看到了紅綾和神鷹吵架，又感到神鷹成精，只怕不會有甚麼情景比這個更怪異的了！

我留意着金維，只見他那種詭異的神情越來越甚，甚至於五官都到了扭曲的地步。

他的雙眼仍然緊緊閉着，看來也就格外古怪。

我可以肯定，他在幻境之中一定處境大大不妙，又大有可能他引狼入室，那種力量侵入他的腦部之後，正在令他感到極大的痛苦，和我遭遇過的一樣。

一想到這一點，我仍然心有餘悸，想起那時候我身受的痛苦，實在已經到了人所能忍受的極限。

金維如果也在這樣受苦，實在沒有必要，所以我走過去想把他推醒——他那時候的情形，就像是人在做噩夢一樣。

我才跨出了一步，金維的情形又起了變化，只見他身子忽然發起抖來。

他一面抖，一面喉嚨中發出了一種可怕的聲音，像是他想叫嚷甚麼，可是卻又叫不出來。

那種聲音和情形都十分可怕，我大聲叫着金維的名字，出乎意料之外，金維居然有反應！

他像是聽到了我的叫聲，迅速地轉動頭部，看來是在找聲音的來源。

我看到這種情形，更提高了聲音：「金維！金維！你睜開眼來！睜開眼來！」

我想只要他睜開眼，看到了我，無論是甚麼樣的幻覺，就會立刻消失。

可是他仍然緊閉雙眼，從喉嚨中發出的聲音，依稀像是在叫我的名字，然而聽出來卻十分恐怖。

這時候我已經來到了他的身前，正準備要把他拉起來，他自己忽然就站了起來，由於太突然，我被他嚇得後退了一步。

九、神遊

他才一站起來，雙手就突然向前一推。

我不知道他在幻境中遭遇到了甚麼，像是有甚麼東西要接近他，而使他感到了極度的厭惡和恐懼，所以他要用力把那個東西推開。他那一推，對我來說，突兀之至，雖然在事先我已經被他嚇退了一步，他的雙手還是推到了我的胸口。這一推，竟然力大無窮，若不是我先退了一步，非給他推得直摔出去不可。饒是如此，我也站立不穩，就要跌倒。

我連忙一翻手，抓住了他的手腕。

那時候我和他相隔極近，只見他的神情怪異莫名，我雖然抓住了他的手腕，可是仍然被他推得向後跌了下去，他被我抓住，所以兩個人一起跌倒在地上。

我立刻鬆手，一躍而起，金維在地上似乎不知道如何起來，雙手亂揮，雙腳亂踢，好像那個要接近他的東西還不肯放過他。

我連忙走過去，握住了他的手，他立刻緊緊地握住我的手。

我把這些經過說得十分詳細，是我相信這時候每個動作都對以後發生的情事，有極大的影響。

我們兩人的手握得很緊，手心自然也緊貼在一起。

一切全是在事後我和金維說起當時的經過時，金維所作的分析。他說密宗喇嘛在修練「他心通」功夫的時候，常有動作是兩個修練者手心緊貼，他們相信這樣子就可以容易達到心靈相通的目的。

或許兩個人手心緊貼的這個動作，可以使兩個人的腦部活動所產生的能量容易互相交流，那就是所謂心靈相通了。

我特地提出這一點，是因爲當時我和金維緊握着手，我想把他從地上拉起來。可是金維卻也用力在拉我，變成了和我在較力。

我又好氣又好笑，也不理會他是不是聽得到，大聲道：「起來！你想把我拉到哪裏去？」

我又笑又說話，一個不留神，給他拉得向下跌倒。

怪事也就在這時候發生。

我給他拉得向下跌，應該和他一起倒在地上才是。可是我向下一跌，在剎那之間，全身有一種飄飄蕩蕩、像是不知道跌向何處去的感覺。

那只是極短時間的事情。

接着我就感到強烈的光線，刺激視覺，反而變得甚麼也看不見，耳際卻聽得金維的叫聲，金維在叫：「衞斯理你也來了，眞好，快追！」

我雖然被強光刺激得不能看到東西，可是聽覺卻很正常，金維的話每一個字都聽得清清楚楚，可是我竟然不知道他在說些甚麼！

我明明和他在一起很久了，他卻說甚麼「你來了眞好」，而且我們一起在屋子裏面，有甚麼東西好「追」的？

他這樣胡言亂語，會不會是他的腦部活動出現了甚麼錯亂的現象？

而且那樣強烈的光線又是怎麼一回事？

屋子裏的燈光半明不暗，外面又是黑夜，哪來的強光？

剎那之間，不知道有多少疑問湧上了我的心頭，我只感到我還是緊緊地握着他的手，我用力搖了搖，再大聲問：「究竟你在說些甚麼？你是——」

說到這裏，我的眼睛已經漸漸可以適應強光，可以看到東西了。人的眼睛對光線的強弱十分敏感，一開始適應，很快就恢復了視線，我首先就發覺那強光並不是甚麼稀奇古怪的東西，只是陽光而已。

換句話說，也就是我處在陽光照耀之下——只要是晴天，又是白天的話，任何地球人都可以和我現在的處境一樣，簡直普通至於極點。

可是我在一看淸楚自己的處境之後，腦中「轟」的一聲，亂成一團，一時之間完全無法作任何思想，那樣的混亂簡直難以形容，根本無法比喻。

接着我就看到了金維的臉。

他的臉離我很近，他瞪着我，神情古怪，和剛才跌倒在地時有些不同，在驚恐之中又多了幾分疑惑。

我們在近距離對望着，我腦中仍然亂極，根本無法思想，雖然已經睜大了眼，又在陽光之下，可是和身處極度黑暗之中沒有兩樣。金維在這時候開口說話。

他說的話，我一入耳，就像在黑暗之中有了光亮，腦中靈光一閃，突然之間，甚麼都明白了！

這時候，我的情緒簡直到了難以自我控制的地步，我竟突然張口大叫起來。

令我突然之間明白了一切的話，是金維所說的，他道：「剛才我實在太無助了……我……自然而然叫了你的名字，誰知道你眞的來了！」

他一面說，一面還長長地舒了一口氣，像是我「來了」，就可以幫他解決困難。

在他說這兩句話的時候，我也看清楚了我身在雞場，在雞舍和房舍之間的空地上，時當正午，所以陽光強烈。

看清楚了身處的環境，再聽到了金維那樣說，使我剎那之間明白發生了甚麼事！

我進入了幻境之中！

金維是早就進入了幻境中的，當他在幻境中不知道遇到甚麼可怕的情景時，他就叫我的名字，而這時候我去拉他，和他的手緊緊相握，就在那一剎間，我沒有把他從地上拉起來，反而倒被他拉進了幻境之中！

一明白了這一點，立刻聯想到了有關眞實和幻境的許多許多事情，心中的驚異實在是難以形容，所以不由自主張口大叫。

那時候我思緒還是十分紊亂，可是那和剛才不同，剛才是紊亂得一片黑暗，甚麼都不能想。而現在卻是紊亂得七彩繽紛，各種各樣的想法一起湧了上來，令人幾乎無法承受。

我首先想到的是：現在我進入了幻境，我淸楚之極，和以前身在幻境中不同。以前人在幻境中的時候，並不知道是在幻境之中。

看金維現在的情形，他就不知道自己身在幻境。

爲甚麼我會和他的情形不同，我也立刻有了設想。

金維是被那種力量侵入了腦部而進入幻境的。而我卻是由於和金維緊緊握手，在緊緊握手的情況下，我們兩人的腦部活動可能起了某種程度的交流，所以我才被他帶到幻境中來的。

自己淸楚知道自己身在幻境，這種感覺眞是奇妙刺激至於極點，完全超越了日常生活的範圍。

其次我又想到，這次金維和我進入幻境，其實不能說是「身在幻境」，因爲我們的身體還在屋子中，如果有人這時候看到我們，一定以爲我們是在做噩夢，就像我剛才看金維一樣。

進入幻境竟然可以有那麼多種不同的形式，也屬於匪夷所思。

現在我和金維的情形，是我們的思想進入了幻境。可是這情形又應該和幻覺不同——情況眞是複雜無比，要好好想一想，才不會引起混亂。

我們現在的情形用恰當的說法來說，可以說成：神遊幻境——我們的精神（思想）進入了幻境。

「神遊」是人類自古以來所追求的境界，據說只有神仙才可以做得到。

而我現在清楚地知道自己處於神遊狀態之中，而且我神遊所到之處還不是尋常的所在，而是幻境。

這是雙重的極端意外！

這種意外能夠使人進入極端興奮的狀態。

所以我才會不受控制的大叫起來。

我花了不少功夫來解釋這種情形，事實上從金維說了那幾句話，我明白了一切，發出大叫聲，都是緊接着發生的事情，時間不會超過半秒鐘。

當下金維看到我忽然瘋了一樣大叫，頓時不知所措，不知道發生了甚麼事情。

我一面叫，一面雙手抓住了他的肩頭用力搖晃，同時不斷問他：「你知道發生了甚麼事？你知道發生了甚麼事？」

金維給我搖晃得講話都不能連貫，他道：「我當然……知道……發生了……甚麼事……他……他變了一半……可怕極了。」

他最後四個字倒是一口氣講出來的，因爲我已經停止搖晃他的身子。

他的話令我莫名其妙，我知道我和他對於「發生了甚麼事」有不同的理解——我們各說各的，說的是兩回不同的事情。

我說的是我們現在處於神遊幻境的境界之中。

他說的又是甚麼呢？

我正在想着，金維又指着何可人的住所，叫道：「聽見紅綾叫，他就奔向那屋子去了。」

我失聲道：「紅綾也在這裏？」

金維連連點頭：「我聽到她的叫聲，她應該在。」

這時候我也顧不得向金維說我們已經進入了幻境——情況很是複雜，不是三言兩語說得明白的，只怕花時間說明白了，事情又起變化，還是先見到了紅綾再說。

我向那屋子指了一指：「紅綾在屋子裏？」

金維已急不及待向前奔去，一面叫：「要不是你忽然出現，我已經定過神來，說甚麼也要抓住那妖精！」

我連忙跟了上去，我們跑得十分快，大約一百公尺的距離，十來秒就到。屋子的門關着，我人還沒有停下來，就大叫：「紅綾！紅綾！你在裏面？」

屋子裏沒有回音，金維先一步奔到門前，由於他去勢太急，一時收不住腳，以致整個人重重撞在門上，發出了「砰」地一聲巨響，把門撞了開來，餘勢未盡，他人向屋子裏直跌了進去。

我隨即趕到，看到他在地上打了一個滾，一躍而起，而這時候我已經看清楚屋子中空蕩蕩的，除了金維之外，別無他人。

照說這時候發生的事情又是奇特又是緊急，當務之急應該是先找到紅綾再說。

可是我一看到屋子中的情形，忽然想到我和金維的身體應該在這間屋子之中，怎麼也不見了？

我們的身體如果不見了，等我們離開幻境的時候又怎麼辦？

刹那之間思潮翻湧，想起了古代許多記載關於神遊在外的思想回來的時候找不到身體的故事，不由得感到了一股寒意。

我有這種恐懼感，只不過是極短時間的事情，我立刻想到現在我神遊在幻境，我和金維的身體當然是留在「那個時間」的屋子，而不會出現在現在的屋子空間雖然一樣（同樣是這間屋子），可是時間必然不一樣。

也就在這時候，我又忽然大爲好奇，想：不知道現在的時間是在「那個時間」中，我算是虛驚一場。

之前還是之後？

不同的時間，必然有「之前」、「之後」的分別。

如果是「之前」，那麼現在我們的遭遇是遇到已經發生過的事情。

如果是「之後」，那麼現在我們遇到的是未來發生的事情。

當時我連自己都不知道何以忽然會想到了這一點，只是隱隱感到這一點很是重要，而且我立刻想到了一個方法可以使我知道現在神遊幻境的我，是在「之前」還是「之後」。

我正想照我想到的方法去做——我認爲這是千載難逢的機會，因爲我現在清楚地知道自己在幻境之中，而通常人身在幻境是不知道自己眞正處境的，現在的金維就是如此。

正因爲我神智十分清醒，所以我可以弄清楚幻境中的時間。

可是我還沒有開始行動，在屋子裏團團轉了一圈的金維突然向我大喝一聲。

他的神情很是焦急，喝道：「你在發甚麼呆？你女兒不見了，大有可能被妖精帶到不知道哪裏去了，你還站着不動！」

他對我這樣大聲呼喝，甚是不客氣，不過我當然不會怪他，他是爲了紅綾可能會發生意外而着急。

而從他的那兩句話中，我又發現了一些新的情況。

他曾兩次提到了「妖精」，當時我一時之間還理解不到他是在說甚麼。

我只是想到金維在幻境中，不但完全不知道自己在幻境，而且對於幻境以外的事情，彷彿也沒有甚麼記憶，只是專心一致進行他在幻境中的行爲——這種情形和人在夢境時十分類似。

人在夢境中的時候，其一切行爲都只在夢中進行，不會牽涉到他的現實生活。我其實也不能例外——如今我之所以例外，是由於我來到幻境並不是由於那種力量侵入了我的腦部，而是在某種情形下給金維帶進來的。所以我清楚地知道自己在幻境，而金維卻不知道。

這種情形又複雜又奇妙：我們兩人同是「夢中人」，只不過我知道這一點，而他卻不知道。

他一面叫嚷，一面走過來，拽住了我，可是看他的樣子，卻根本不知道該怎麼辦才好。

我心中急速地轉念，是不是應該告訴他我們是在幻境中？

可是就算要告訴他，這話應該怎麼開口？

如何可以使一個正在做夢的人明白他正在做夢呢？

一時之間我也糊塗了，不知道該如何才好。

金維很是着急，重重頓足，揮手道：「那……那東西可怕……極了……眞不知道該如何……形容……」

這時候情形奇妙在他完全投入於幻境，而我卻很清醒，所以雖然我和他在一起，可是我卻可以做一個旁觀者。

後來我向白老大敍述那時候的情形，白老大十分感嘆，他道：

「能夠在夢境之中做一個旁觀者，談何容易啊！當所有的人都起勁的在夢境中做夢的時候，至少要有極端清醒的思想，才能超出物外，做旁觀者，看世人在夢中浮沉！」

白老大自己也做了大半個世紀的夢，忽然有這樣的感慨，是不是表示他的夢已經醒了，我也不敢問。

這是後話，表過就算。

所以當時金維着急，我卻並不着急，我道：「你先定一定神，慢慢說。」

金維現出十分訝異的神情——我和他雖然相識不久，可是我的情子急，他是知道的。而現在事情和紅綾有關，我反而好整以暇，一點都不着急，他自然覺得十分不正常。

他張大了口想問，可是想了一想就改了口，問道：「是不是有一些事情是我不知道的？」

本來這是最好的機會告訴他，我們進入了幻境。可是我又不知道如果在這樣情形下，把他「弄醒」是不是使他的腦部活動次序錯亂？

人類對於自己腦部所知實在太少，而腦部又似乎十分脆弱，其活動的程序一點都不能發生差錯，稍爲有一點不對，整個人也就完全不對了。

金維是招來了那種力量才進入幻境的，而由我來弄醒他，程序上就不對，會不會形成嚴重的後果呢？

一想到這一點，我就不敢輕舉妄動。

（更嚴重的是在同時，我也想到我是被金維帶進幻境的，是不是在程序上也應該由金維帶出去？）

（而金維是無意中把我帶進來的，他是不是有能力把我帶出去？）

（想到這些，實在使人心寒——只好不去想它，到時候再說。）

我有了顧忌，就不敢弄醒他，所以搖了搖頭道：「沒有甚麼，你一再提到妖精，又是怎麼一回事？」

金維一聽得我這樣問，就吸了一口氣，神情大是吃驚：「實在恐怖，你有沒有見過一個人的頭，長在一隻鷹的身上？」

這一句話就令得我大吃一驚！

我倒不是爲了人頭鷹身的怪物而吃驚——形狀再怪的生物我都見過，我曾經被一種鮮紅色的外星人嚇得幾乎昏迷不醒，相形之下，人頭鷹身實在不算是甚麼。

令我感到吃驚的是，一聽金維的話就知道那個人頭鷹身的怪物，一定是紅綾那隻神鷹所變。

在上一次的幻境中，金維看到神鷹有人的行爲，已經很是驚訝，知道神鷹開始了成精的過程。

現在神鷹變成了人頭鷹身，這說明在時間方面，現在是在上次幻境之後，神鷹在成精過程中大大地向前進了一步。

也就是說，紅綾想中止神鷹成精的行動沒有成功。是不是神鷹找到了倫三德，而倫三德又同意牠成精，所以紅綾才把這種情形繼續下去？

而神鷹已經變成了人頭鷹身的怪物，這實在是一件驚天動地的大事，紅綾和白素要是連這樣的大事都不告訴我，那實在太豈有此理了！

我不認爲會有這樣的事情發生！

那麼唯一的可能，就是金維在幻境中的見聞，全是「以後的事」，而不是已經發生過的事。

剛才我已經想到了鑑定幻境中的時間是「以前」還是「以後」的方法，正要付諸行動，被金維大叫一聲阻止。

現在又發生了這樣的情況，我更想要弄淸楚是以前還是以後。

金維還想說甚麼，我做了一個手勢，阻止他說話，一面轉過身，一面道：「等一等，幾秒鐘就行！」

說話之間，我已經走到了門口，去察看門鎖的情形。

各位聰明的朋友一定知道我爲甚麼要這樣做了！

是的，因爲這門鎖是一個重要的關鍵。

大家一定還記得，上次在幻境中，金維跟着紅綾，看到紅綾和神鷹進了屋子，他叫門沒有人應，就一腳把門踹了開來。

關鍵在於他踹門的時候，已經從幻境中出來了。

所以現在去察看門鎖，看有沒有損壞的痕跡，就可以知道現在是「以前」還是「以後」。

如果是「以前」，門鎖不會有損壞的痕跡。

如果是「以後」，門鎖就曾經損壞，有痕跡可尋。

我一到門口，立刻俯身去看，只見剛才被金維整個人撞開的門，門鎖相當新，顯然是裝上去不久，不會超過兩年，和整個雞場的陳舊不符。

由此可知，門鎖曾經嚴重損壞過，所以才換了一個新的。

門鎖是被金維踹壞的！

所以兩次幻境，都是「以後」的事情！

這個發現，令得我大大地鬆了一口氣，證明我的肯定是對的：我肯定白素和紅綾不會對我隱瞞任何事情。

至今爲止，她們在雞場眞的沒有任何發現——神鷹開始成精是以後的事情。對於還沒有發生的事，她們自己都不知道會發生，自然也沒有甚麼可以對我說的。

這一點對我來說重要之至，因爲那證明了我們一家人之間，並沒有隔膜！

剎那之間，我心情輕鬆無比，擺脫了困擾，自然而然發出了一下歡呼聲。

金維用莫名其妙的眼光望着我，我想向他解釋，可是不知如何說才好，想了一想，只好道：「等到環境轉變，我自然會向你說明白的。」

金維搖了搖頭：「衞斯理，你沒有甚麼不對吧——你的行爲很是古怪！」

我也搖了搖頭，卻沒有說甚麼。我只是在心中想：你當然認爲我行爲古怪，因爲我淸楚知道自己現在是神遊幻境，而你卻不知道，只當是眞實。一個醒，一個夢，自然互相都感到對方古怪。

我不作解釋，只是問：「繼續說那個人頭鷹身的……東西。」

金維又不由自主打了一個冷顫，道：「人頭鷹身倒還罷了，可怕在……或者說令人噁心的是，那……那身子上一根羽毛都沒有，光脫脫的，不知道該如何形容那種情狀！」

根據金維所說的去想像，腦中出現的畫面確然令人噁心，我點了點頭，表示同意他的說法。

同時我也想到，全身羽毛脫盡，對於在成精過程中的神鷹來說是一件好事，頭部已經變成了人的形式，身體遲早也會變成人，當然第一個步驟就是先要把羽毛脫去。

由此看來，神鷹的成精過程相當順利，看來很快就可以成功！

現在我知道這些全是「以後」的事情，可是不知道要在多久以後，也不知道白素和紅綾終於找到了甚麼竅門，才使得神鷹有了成精的開始。

我更想到，神鷹的成精過程完成之後，會變成一個人，而這個「人」必然和我們家庭有極密切關係。這實在是古怪透頂的一件事——即使是公認爲古怪的衞斯理，也感到不可思議！

我的神情當然同樣古怪，金維以爲我是想到了那人頭鷹身的怪物，所以才如此。他道：「那當然是紅綾那隻神鷹在成精，照說生物在成精過程中很怕被人看到，可是他不但不怕我，而且還向我靠近，做種種鬼臉……」

金維說到這裏，又打了一個冷顫，連聲音都變了。

我勉力鎮定心神：「這是貴會的天然會員，你不應該感到可怕，應該感到高興才是。」

金維呆了一呆，有一個短時間的神情茫然，然後深深吸了一口氣，嘆道：「實在是完全沒有這個心理準備的緣故。」

金維定了定神，繼續道：「我被他逼得連連後退，情急之下，就大叫你的名字。」

當他在那種幻境中，我出現在他的身體之前的時候，知道他在幻境中必然有了不尋常的遭遇。

金維又道：「接着我就聽到紅綾的叫聲，紅綾是在叫那……怪物，怪物聽得紅綾的叫喚，這才放過了我，轉身就跑——他身上沒有了羽毛，飛不起來，可是在奔跑的時候，仍然展開雙翅，眞是怪異之極。」

金維的敍述很是詳細，那種情形之怪異，實在可想而知。

他往下說：「我正不知道如何才好，你就來了。」

他說到這裏，頓了一頓，忽然問道：「對了，你是怎麼來的？」

聽得他這樣問，我一時忍不住，反問道：「別問我，你自己是怎麼來的？」

一問出口，我就很緊張，因為金維立刻神色大變，充滿了疑惑，顯然他不知道自己是怎麼來的，他四面張望，神情更變成十分惶恐，接着身子就發起抖來，用力搖頭，喉嚨裏又發出了可怕的聲音。

我只不過隨便問了一句，他的反應就如此強烈，我心中一動，想到這種情形極可能是他腦部自己本身的力量和外來力量正在爭執，我也不知道他的勝敗會引起甚麼樣的結果，只是看到他像是很痛苦，我就自然而然伸手過去，緊緊抓住了他的手。

十、人在幻境

後來我詳細想想當時的情形，感到我那時候鬼使神差地握住了金維的手，實在太重要了——正因爲如此，我們的手心才會貼在一起，金維從幻境出來，才能同時把我帶出來，使我和他一起回到了現實。

如果當時不是如此，金維一個人離開了幻境，把我留了在幻境之中，我就無法離開了！

由於每次進入幻境，在幻境中的時間都不相同，所以金維想要再在幻境中找到我的機會等於零，我的神遊就會永遠繼續下去！

這種情形可怕之極，事後想起仍然不免發慄！

卻說當時我握住了金維的手，立刻感到天旋地轉，不但我在轉，金維也在轉，我們像是捲進了一股龍捲風的中間，金維發出一陣又一陣的叫聲，沒有多久，我也忍不住叫了起來。

其實應該並沒有過了多久，可是在感覺上處於一片混沌的時間好像天長地久一樣。

然後是突然的靜止和黑暗，再然後是昏黃的燈光。

由於我很清楚知道自己如何進入幻境，所以這時候我也很容易就知道現在的情況是我們又從幻境中出來了。

我向金維看去，只見他仍然一片茫然，過了一會，他才吸了一口氣，眼光總算有了焦點，和我對望着。

既然已經回到了現實，我就再也沒有顧忌。

（剛才在幻境中，我的顧忌實在大有理由——我只不過忍不住反問了一句，情形立刻就起變化，由此可知，當人在幻境中的時候，不可以提醒他是在幻境中！）

（不過話又說回來，誰又能夠在幻境中而知道自己是在幻境的？古今中外能夠在幻境中而清清楚楚知道自己在幻境的人，恐怕只有我一個人而已！）

我伸手拍着金維的肩頭：「不必緊張，我們剛才神遊了一遭幻境，現在回來了。」

我一說金維就明白，他「啊」了一聲，把進入幻境之前的事和幻境中的見聞一起想了起來，還是有駭然之色，道：「你來遲了一步，沒有看到那……怪物，眞是好運氣。紅綾的神鷹已經成精，這……該怎麼辦？」

在他說話期間，我向門鎖看去。

只見門鎖很殘舊，而且才損壞——不久之前才被金維踹壞的。

這時候再無疑問，幻境中的情景是以後的事，也就是說是現在還沒有發生，未來才會發生的事情。

我定了定神，先把一切在腦中又整理了一遍，然後才告訴金維。

金維聽得目瞪口呆，等我講完了之後好一會，他才從那複雜無比的情況之中回過神來，弄清楚了事情的來龍去脈。

他第一句話就說：「如此說來，還可以阻止神鷹成精！」

我早已想到過這一點，所以立刻有了回答：「既然已經給你見到了未來的事情，那就說明這事情必然會發生，是阻止不了的！」

金維也立刻同意了我的說法，他用一種很古怪的神情望着我，我居然笑得出來：「你不必同情我將會和一個鷹精打交道，我看你要在你那隻大羊鷹身上了解生命奧秘，唯一的方法就是使牠成精，讓他直接告訴你！」

金維張大了口，一時之間說不出話來。

一點也不假，我提出來的是極好的辦法，生命奧秘何等複雜，豈是通過翻譯所能理解的。大羊鷹要是變成了人，自然就不存在溝通的問題了。

說起來很簡單，可是金維還是過了好一會，才吸了一口氣，看來他已經消化了我這個異想天開的提議，因爲他問：「如何才能使大羊鷹成精？」

我道：「那要問紅綾——將來她既然可以使神鷹成精，當然也可以使大羊鷹成精。不要問我要等多久，問你自己就有答案。」

金維對我這句話一時之間不是很明白，望着我眨眼。我笑道：「你在幻境中見到的紅綾有多大歲數？算一算就可以大約知道那是多久以後會發生的事了。」

這問題再簡單不過，可是金維考慮了很久，居然答不上來。我感到奇怪：「她看起來是二十出頭，還是三十、四十……」

金維笑得很尷尬：「眞的，很難從令嫒的外表看出她的年齡，她……和平常人……好像不一樣。」

我先是怔了一怔，接着就哈哈大笑起來——是我的不對，紅綾從小就在苗疆做野人，身形高大壯健，皮膚粗糙黝黑，臉上還有許多疤痕，要從外表判斷她的年齡，確然非常困難。

我道：「那就只好和她約定，一等神鷹成精有了眉目，就第一時間告訴你。由於她也沒有預知能力，所以她也不知道何時才是神鷹開始成精的時候。」

金維道：「辦法之二，是再到幻境中去找答案——只要讓我在幻境中遇上紅綾，就立刻可以知道那是將會在甚麼時候發生的事。剛才我並沒有花了多久，那種力量就把我送進了幻境，再來一次，應該不是難事。」

我想了一想，覺得有理：「你容易成功，可是我卻不行，還是你來試。」

金維立刻又坐了下來。

可是這一次一直到天亮，他並沒有進入幻境。

他一點都不氣餒，又試了整整一天，然後又是一天，我索性準備了大量食物食水。可是一個月過去了，他還是未能進入幻境，那種能把人帶入幻境的力量，像是已不再存在了！

這種情形倒還不算奇怪，因爲這種力量本來就來無影去無蹤，無從捉摸，我甚至懷疑過它是不是受控制，金維無法進入幻境，不算意外。

意外的是，在這一個月之中，白素和紅綾居然音訊全無，半分消息都沒有！

從半個月之前開始我就非常擔心，到了後來簡直坐立不安，發動了所有的關係去找她們，仍然沒有結果。

雖然我知道以她們的能力而論，不應該會有甚麼凶險，可是怎麼想都想不出她們去了何處，這才眞正惱人。

金維看我情形不對，他表示放棄，我們一起離開了雞場。

從離開的那一天起，我全力以赴，又找了一個月，還是沒有結果。金維一直和我在一起，那天晚上在書房，他忽然道：「有一個可能，我想到很久了，不知道該不該說。」

我心情不好，所以說話很衝：「你愛說不說，最討厭人說話呑呑吐吐！」

金維並不生氣，他望着我：「你最好有心理準備。」

我不知道他準備胡說八道些甚麼，瞪着他，他這才緩緩地道：「她們可能身在幻境！」

說了這一句之後，頓了一頓，在我還沒有反應之前，他又補充：「是屬於人眞正進入幻境的那種，而不是神遊的那一種。」

他說完之後，像是怕我打他，連退了幾步。

我曾經對白素和紅綾的下落做過種種設想，可是確然沒有想到過金維所說的這種情況。

她們可能到幻境去了！

這個假設可以接受的程度極高，因爲不是如此，在兩個月的時間中，她們沒有理由不和我聯絡。

剎那之間，我由此而連帶想起了許多可能，思緒極端紊亂，由於我努力想理出一個頭緒來，所以我看起來一動不動地在發呆。金維伸手在我眼前搖了搖：「別太緊張，就算她們在幻境，也可以回來，你我就曾進出幻境許多次。」

我還是在想着，沒有反應，金維又道：「或許她們在幻境中有重要的事情，所以暫時不離開。」

金維可能只是隨便說說，可是他的話卻使我陡然想到了一個關鍵性的問題，我用力一揮手：「她們當然有事情要做——她們要使神鷹成精！」

這下子輪到金維發呆了——事情本來已經夠複雜的了，現在我又提出了這一點，複雜程度又加了一倍。

金維很快就想明白了，他道：「神鷹成精是在幻境中發生的事！我兩次在幻境中看到神鷹，一次看到紅綾，是因為他們本來就在幻境之中！」

我點了點頭：「正是如此，我運氣不好，神遊幻境沒能夠見到她們。」

金維好一會不出聲，然後問：「那就是說當她們從幻境中出來的時候，神鷹成精已經成功了？」

我又點了點頭。金維這才問了最重要的一點：「她們甚麼時候會從幻境中出來？」

我半晌不語——實在是無法回答這一個問題。

如果我們可以隨意進入幻境，那麼我們就有可能到幻境中去找她們，雖然由於每次進入幻境，幻境中的時間都不同，而且無法掌握，要遇上她們的機會也是微乎其微，但總算是一個辦法。可是自從那次之後，金維又上雞場去了很多次，都完全無法進入幻境。

我們曾經害怕那種能夠侵入腦部控制腦部活動的力量，像是懸在人類頭上的鋼刀，現在我們希望那種力量侵入，卻無法實現，眞是極大的諷刺！

然而如今我們既然想到了白素和紅綾可能進入幻境，而那個雞場又似乎是進出幻境的唯一「通道」，所以我們要到那個雞場去，是必然的行動。

這次不但我和金維去，溫寶裕也自告奮勇：「我曾經有和靈魂溝通的經驗，或許比較容易和那種力量接觸。」

溫寶裕想做甚麼事情，總可以找到適當的理由，我當然希望成功的機會越多越好，所以並不拒絕。

我們三人到了雞場——在進入雞場的時候，最容易在不知不覺中進入幻境，可是這次甚麼也沒有發生。

事情有溫寶裕參加，有好處也有壞處。

壞處是他會提出許多莫名其妙的問題，他的問題可以使得本來很簡單的事情變成複雜。像現在那樣本來就已經複雜無比的事情，再給他雜七雜八的問題糾纏不清，簡直會令人頭昏腦脹，連原來已經想清楚的事情又變得糊塗起來。

所以在三天之後，我和金維就禁止他再提出任何問題，叫他自己去想，我們不負責解答。

而好處是，溫寶裕有很多古怪透頂、天馬行空式的想法，大多數聽了叫人又好氣又好笑，不過也有一些是我們原來沒有想到的，對於推測事情的經過，很有幫助。

他首先提出的是，所有成精的過程，都在幻境中進行。所以等到神鷹成精的過程完成之後，白素、紅綾和已經變成了人的神鷹會回來。

他說白素不是沒有和我聯絡，不過使用的聯絡方法十分特別，而且不是很有效，畢竟幻境和現實之間的界限如何分隔，人類一點概念也沒有，所以一定非常困難。他說白素或紅綾和我聯絡的方法是通過神鷹發出信息，神鷹發出的信息人接收不到，只有牠的同類可以收到，所以山頭上的鷹羣會把金維帶到雞場來——原來白素一定是想鷹羣把我帶到雞場去的，只不過那些鷹只是普通的鷹，所以認錯了人，把金維帶到了雞場。

溫寶裕更進一步說，把我引到雞場的目的，就是要告訴我她們正在進行的事情和雞場有關，而雞場是進入幻境的通道，所以等於告訴我她們在幻境中辦事。

溫寶裕並且嘲笑我：「這是顯而易見的事，眞不明白你如何會想不到，白擔心了那麼久！」

我哼了一聲：「知道她們在幻境就不用擔心了嗎？她們是怎樣進入幻境的？是自願去還是給那種力量操縱去的？她們能夠想離開就離開嗎？她們要甚麼時候才能回來？我能不擔心嗎？」

這一連串的問題，問得溫寶裕不斷眨眼，他當然答不上來，不過他很有信心：「這些問題遲早會有答案，或者我們能夠進入幻境，那就一切都可以解決！」

不過我們三人，不論是金維靜坐，還是溫寶裕滿雞場亂走，又過了很多天，還是沒有結果。

溫寶裕又發表意見——他發表的意見極多，我當然不能一一盡錄，我只是揀對事情作可以接受的解釋部分介紹出來，表示我也同意他的這些想法。

他說，那種力量現在已經失去了主宰，意思是以前有主宰在運用這種力量，而現在沒有。所以這種力量變成了一種遊離狀態的存在，不受控制，只有偶然的機會才能和人的腦部接觸，把人帶進幻境。而且看來如果人沒有思想準備，反而容易有接觸，越是想有接觸，就越是不能，無法強求，這就是我們一直沒有收穫的原因。他甚至於大有禪意地道：「不能着相，要隨緣偶得！」

他進一步發揮：「這種力量當然是很久很久之前，由地球以外來的。」

金維聽得入神：「是某種外星人帶來的？在多久之前？」

溫寶裕洋洋得意，手舞足蹈：「極久之前，我認爲在人類出現之前。那時候地球上有各種各樣生物，就是沒有人，於是某種外星人就運用力量，使各種生物變成人——成精。而人的形狀就是那種外星人的形狀，基督教《聖經》說上帝照他的樣子造人，就是這個意思！」

金維聽得目瞪口呆，我則十分習慣。

溫寶裕繼續：「所以人根本就是各種各樣生物成了精之後變的，各種精的後代，都維持人的形狀——《白蛇傳》中白蛇所生的兒子就是人，而且還中了狀元！」

金維道：「這……我……很難接受。」

溫寶裕一瞪眼：「爲甚麼不能接受？你看其他的生物每一類都幾乎完全一樣，只有人，明明都是人類，卻五花八門，甚麼樣的人都有。從外形來說，有的人虎背熊腰，有的人獐頭鼠目，有的人水蛇腰，有的人鷹鈎鼻……簡直不勝枚舉。從性格上來說，有的人行爲如豺狼，有的人懷有梟獍之心，有的人勇敢，有的人軟弱……也同樣不勝枚舉！」

金維已經想投降了，不過他還是問了一句：「你列舉這些事實，想說明甚麼？」

這一問，對溫寶裕來說，正中下懷，他哈哈大笑：「那還用說！我想說明所有人，全人類都是各種生物的『精』的後代，各種生物的遺傳，或多或少都還保留在每個人身上，這才形成人的性格行爲那麼多樣化！」

金維這時候對溫寶裕的想像力已經佩服得五體投地，他一面點頭，一面道：「小朋友，你看你自己又是得到了甚麼生物的遺傳呢？」

溫寶裕居然十分認眞，嘆了一口氣，搖頭：「經過了那麼多代，各種生物的遺傳混雜在一起，分不淸誰是誰了——每一人都有極其複雜的性格，也就是這個緣故！」

金維連連點頭，表示讚賞。

溫寶裕一發不可收拾：「也有一些生物的遺傳性十分強烈，例如狗性。有些人看起來好眉好貌，明明是人，卻比狗還要狗，往往使人不明白他們爲甚麼要做得這樣難看，卻原來他們全是狗的後代啊！」

金維索性鼓起掌來：「小朋友，這種遺傳性在遺傳學上，稱之爲『顯性遺傳』，不論經過多少代，如果不是有特殊的原因，是不會消失，甚至不會減弱的。」

溫寶裕得到了認同，更是興高采烈，向我望來，眼神之中大有挑戰的神色。

我並不是不能接受溫寶裕的說法，只是感到他的態度太過於肯定而已。

這時候看他這種高興的樣子，我乾脆湊趣：「我知道這種把地球上各種生物的生命形式改變成爲人的外星人，留下了一種儀器。那種儀器可以檢視一個人是由甚麼樣的生物變成的，這種儀器的正式名稱我不能肯定，多半是『原始形態鑑定儀』或『形式改變前紀錄儀』之類。如果有這種儀器，你就算遺傳的情形再複雜，也可以檢查出來——」

我才說到這裏，溫寶裕已經極感興趣，大聲道：「有這種事？我怎麼從來也沒有聽說過？」

我笑道：「對於這種儀器，民間不理會它正式的名稱，自己有一個稱呼，叫做——」

我故意停了下來，溫寶裕和金維同時大叫：「照妖鏡！」

我鼓掌：「對了，這種儀器民間就叫做照妖鏡。用照妖鏡一照之下，看起來再人模人樣，其實是甚麼東西變的，就可以看得一清二楚！」

溫寶裕大是嚮往，連連吞口水，像是恨不得立刻要有一面照妖鏡在手，好讓他到處亂照。

話說回來，如果眞有照妖鏡在手，倒確然是很過癮的事情。

這時候金維的神情悠然：「何必要照妖鏡，只要稍具智慧，不是同類，冷眼旁觀，看那些興高采烈、大鑼大鼓、袍笏登場、戮力演出的那一堆，誰是狗類、誰是豬類、誰是爬蟲類、誰是蛞蝓（民間俗稱鼻涕蟲）類，也都可以看得清清楚楚——在得意忘形的時候，就會顯出原形，流露本性！」

溫寶裕揮着手：「我現在才知道，所謂流露本性並不是說流露人的本性，而是露出了原來生物的本性啊！」

我想了一想，我們剛才在說的那些，主要是溫寶裕發表的議論，屬於可以接受的假設，當然不能就此肯定，同時也不能完全否定，視乎接受程度如何而定。

所以我道：「兩位，我們現在畢竟是在眞實中，不是在幻境裏，太過天馬行空的想像，多少應該存疑才是。」

溫寶裕瞪了我一眼，一副話不投機的樣子，轉向金維道：「我知道你對密宗佛經很有研究。」

我實在沒有法子捕捉溫寶裕的思路，怎麼忽然之間他又提起密宗佛經來了呢？

連金維也十分疑惑，一時之間不知道該如何搭腔。

溫寶裕不等回答，就已經自顧自說下去：「佛經太深奧，我還完全沒有接觸，倒是基督教的《聖經》我看了幾遍，其中關於『造人』這一部分，《聖經》一開始就提到，而且說得十分簡單明瞭，小孩子都看得懂。」

我和金維不出聲，由得他說下去。

溫寶裕也不客氣，滔滔不絕：「上帝先造萬物，在生物方面，從植物開始，然後才是各種天上飛的、水中游的、地上走的動物，到最後，才是人，而且人是按照上帝的形象造出來的。《聖經》上用詞很特別，它說『我們要照着我們的形象，按着我們的樣式造人』，一連用了三個『我們』，而上帝沒有理由是衆數，這說明當時有其他的神和上帝在一起——可能是和上帝同類的外星人，也可能是若干不同種類的外星人，上帝也在其中，以同類的比較合理，因爲人的形象沒有太大的差別。這一段『創世紀』是說上帝把其他生物的生命形式改變，創造了人。」

他長篇大論一口氣說下來，還好只有兩個聽衆，要是他去佈道，只怕會引起暴動！

他還在繼續：「於是人成了地球上最高級的生命形式。相信當初改變生命形式的力量，有一部分留在地球上，而又沒有人主宰，所以只是在偶然的情形下發生作用，使極少數的生物有機會發生生命形式的改變——成精。成精的情形，自從人類文明開始以來就一直在發生，所以何可人、那隻公雞、神鷹的生命形式產生改變，不是太奇怪的事情。而這種沒有人主宰的力量，還能侵入人的腦部，操縱人的感覺，更不可思議的是，可以使人以兩種不同的方式進入幻境。」

自從我認識溫寶裕以來，還是第一次聽他把一件事說得如此有條理，我正想拍手叫好，他卻晚節不保，忽然冒出了一句粗話：「就是這幻境，不知道他媽的是怎麼一回事，連設想都很難想！」

我和金維其實都有同感，都為這個問題困擾。

而我所受的困擾最嚴重，因為白素和紅綾還在幻境之中。

我要和她們相會，只有兩個可能。

一個可能是她們離開幻境，回到眞實。

另一個可能是我進入幻境，我們在幻境中相會。

我對於我們一家人能夠相會，充滿了信心，我會一直在雞場等待相會的機會。

想當年我被A、B、C、D他們，使我的靈魂通過頭髮離開地球，白素整整等了我六年之久，現在我也很應該在這裏等待那兩個可能的出現。

而使我極度困擾的是：眞實和幻境的界限是如此模糊，到了我、白素和紅綾又在一起的時候，我如何才能精確的知道我是處於眞實還是進入幻境？

我實在想不出任何辦法來，你呢？

（全文完）

勤十緣出版社書目

衛斯理科幻系列

1 電王
2 黃金故事
3 從陰間來
4 到陰間去
5 遊戲
6 陰差陽錯
7 禍根
8 生死鎖
9 陰魂不散
10 許願
11 還陽
12 運氣
13 開心
14 將來
15 改變
16 闖禍
17 解脫
18 遺傳
19 爆炸
20 水晶宮
21 前世
22 新武器
23 病毒
24 算帳
25 原形
26 活路
27 雙程
28 洪荒
29 買命
30 賣命
31 考驗
32 傳說
33 豪賭
34 眞實幻境

倪匡科幻系列

1 消失女神
2 離魂奇遇
3 困獸
4 夜光
5 神話世界
6 妖偶
7 四條金龍
8 飛焰
9 魔像
10 鬼鐘
11 通神
12 蛇神
13 火鳳
14 異人
15 怪頭
16 蜂后
17 巨龍
18 解開死結
19 死結
20 遊魂
21 天敵
22 夜歸
23 神機
24 暗算

奇幻系列

△1	轉世	余過著
2	隔世冤	寬齋著
△3	殘酷蜜月	余過著
4	陰陽證	寬齋著
△5	重返前生	余過著
6	鬼惑	啇魂布著
7	公主墳	史國良著
8	追魂劫	啇魂布著
9	血誘	寬齋著
□10	血雨艷桃紅	張宇著
□11	十世仇	張宇著
12	老床	史國良著
13	電話追命	啇魂布著
14	鬼太郎	寬齋著
15	鬼日記	余無語著
16	寡婦咒	靈子著
17	屋邨猛鬼錄	李大幫著
18	鬼拳王	余無語著
19	鬼爺爺	啇魂布著
20	卜命	寬齋著
21	鬧房	史國良著
22	鬼妾	寬齋著
23	最後的化粧	高青著
24	蘭桂坊夜話	余無語著
25	屍戀	靈子著
26	腐屍還陽	寬齋著
27	不歸門	寬齋著
28	義莊夜驚情	余無語著
29	屋邨猛鬼錄(2)	李大幫著
30	新棺舊魂	寬齋著
31	勾魂女	寬齋著
32	秋墳	余無語著
33	輪迴恨	寬齋著
34	還淚井	寬齋著
35	出爐異聞	余無語著
36	不離人	寬齋著
37	屋邨猛鬼錄(3)	李大幫著
38	小魔煞	寬齋著
39	死劫難逃	寬齋著
40	鬼影幢幢	余無語著
41	人間地獄	寬齋著
42	十大猛鬼公園	李大幫著
43	斷魂崖	余無語著
44	屋邨猛鬼錄(4)	李大幫著
45	鬼迷心竅	寬齋著
46	洪水凶靈	余無語著
47	貓魂祭	寬齋著
48	撕魂裂魄	寬齋著
49	午夜迷踪	余無語著

* 即將出版　△ 見余過四人夜話系列　□ 見張宇玄幻系列

50 螻蟻肉衣 寬 齋著
51 種孽 寬 齋著
52 猛鬼燈塔 余無語著
53 雪山艷魂 寬 齋著
54 魂約黃昏後 余無語著
55 石澳夜驚情 余無語著
56 校園猛鬼錄—大專版 李大幫著
57 攝魂大法 寬 齋著
58 怒海屠鯊 余無語著
59 怪杖賀年宵 余無語著
60 酒店猛鬼錄 李大幫著
61 山火驚魂錄 余無語著
62 怪嬰 余無語著
63 紅蛙‧紅娃 余無語著
64 鬼刀 余無語著
65 冥國記之幻世奇謎 于東輝著
66 血蓮藕 余無語著
67 冥國記之絕域秘城 于東輝著

張宇玄幻系列

1 血雨艷桃紅
2 十世仇
3 鬼媒
4 摸骨
5 戲班
6 馬季開鑼
7 鬼臉
8 色鬼
9 母夜叉
10 趕鬼入窮巷
11 破法
12 脫胎換骨
13 胎痣
14 尋仇
15 收腳印
16 落髮記
17 燒衣
18 裝瘋扮傻
19 獨腳戲
20 非法房客
21 趕投胎

余過四人夜話系列

1 轉世
2 殘酷蜜月
3 重返前生
4 偷魂
5 枕邊魔劫
6 殺頭遊戲
7 沒有腳的女人
8 蝶妻
9 變形
10 命運奇談
11 天際骷髏船
12 蠍女
13 色魔

多情系列

▲1 三生石 孔 昭著
2 今夜沒有約 嚴 沁 梁鳳儀等著
3 絕對討厭的女孩 羅穎思著
4 鬼城 賈平凹 梁鳳儀等著
5 女兒經 程乃珊著
6 雲水依依 夏小詩著
7 道是無情 汪曾祺 羅芙榮 梁鳳儀等著
▲8 燃燒彩虹 孔 昭著
9 魔少年 吳敬子著
▲10 月夜傳奇 孔 昭著
▲11 再見茉莉 孔 昭著
▲12 紫女 孔 昭著
13 過把癮就死 王 朔著
14 金融家 程乃珊著
15 今夜，我們試婚 毋碧芳著
16 今夜沒有雨（修訂本）梁荔玲著

嚴沁浪漫系列

1 夏之迷惑
2 無情谷
3 也是重逢
4 盈雪
5 長街
6 沉沉黑夜
7 燈火闌珊處
8 不死的夢
9 餘情未了
10 玻璃命
11 此岸彼岸
12 該不該讓他知道
13 有月亮的早晨
14 午夜陌生人
15 沒有愛情的故事
16 雨樹
17 風裡人
18 折翼的天使
19 愛情第二號
20 流星的眼淚在飛
21 夢裡夢外
22 獨奏心曲
23 變奏
24 笑在淚中
25 未寒時
26 眸
27 渺渺情
28 風也悄悄

＊ 即將出版 ▲ 見孔昭驚情小說系列

寫眞小說系列

1 還似無情 張寶兒著
2 嫁後 張寶兒著
3 撲蝶 張寶兒著
4 回首已三生 張寶兒著
5 塵緣 張寶兒著
6 婚姻大事 張寶兒著
7 又是曾經 張寶兒著
8 花不迷人 張寶兒著
9 晚來天欲雪 張寶兒著
10 多夢 張寶兒著

孔昭驚情小說系列

1 三生石
2 燃燒彩虹
3 月夜傳奇
4 再見茉莉
5 紫女
6 捕月

奇案系列

1 撕票 林 蔭著
2 千里追兇 捍衛者著
3 城市戰爭 捍衛者著
4 重案傳眞 捍衛者著

推理系列

1 重殺 施 雨著
2 噬 人 笹澤左保著 林敏生 譯
3 丸之岬奇案 吳民民著
4 山下藏金之謎 吳民民著
5 世紀末的挽鐘 吳民民著
6 太陽帝國的八十四小時 吳民民著

實用系列

1 兩餸一湯(一) 李曾鵬展著
◇2 居室風水 芳草軒著
◎3 風水新講場 宋韶光著
4 兩餸一湯(二) 李曾鵬展著
5 家庭實用療方 李 南著
6 家事錦囊 李陳雅賢著
7 職業婦女三餐樂 蔡麗容著
◎8 斗換星移說命運 戴添祥著
9 法律八寶飯 毛錫強著
◎10 猴年運程 蔡興華著
11 生意經 李寶光著
12 名廚巧手菜 陳 東著
◎13 靈測玄機 阿 樂著
14 兩餸一湯(三) 李曾鵬展著
15 九二年加國移民指引 霍子孟著
◎16 鐵板神數趣談 阿 樂著
17 吃雞百變法 蔡麗容著
18 清潤湯水 李 南著
19 實用抗癌藥膳 常敏毅著
20 法律小錦囊 毛錫強著
21 滋補粥品 戴麗嫦著
22 改變生命的密法 邱 彰著
23 家事萬靈通 李陳雅賢著
24 豆腐百變法 蔡麗容著
25 保健素食精選 丁元義 王龍驥等 編著
26 涼拌美食 戴麗嫦著
27 吃蛋百變法 蔡麗嫦著
28 親親孩子心 初 子著
◎29 風水百答 宋韶光著
30 瓜類百變法 蔡麗容著
31 調味料妙用法 戴麗嫦著
32 做個大方女人 張瑪莉著
◎33 教你睇風水 正 翁著 余無語編訂
34 一味三食 馮金陵著
35 滋味海鮮餐 戴麗嫦著
36 淡水魚百變法 蔡麗容著
37 妙語連珠 宋韶光著
◎38 鷄年運程 蔡興華著
39 秋冬火鍋煲仔菜 馮金陵著
40 親親孩子心(二) 初 子著
◎41 名人命理 盧恆立著
42 甜品百變法 蔡麗容著
43 改變婚姻的密法 邱 彰著
◎44 三元九運論風水 盧恒立著
45 懷舊菜譜 馮金陵著
46 Keep Fit 甜品 戴麗嫦著
◎47 命轉乾坤話風水 戴添祥著
48 新意家常菜 李曾鵬展著
49 情場衆生相 林淑霞著
◎50 四柱八字話名人 盧恆立著
51 養顏妙品 戴麗嫦著
52 自學美髮術 戚其光著
◎53 家居好風水(合訂本) 宋韶光著
◎54 術數縱橫—揭鐵板、紫微、子平等秘奧 正 翁著 余無語編訂
◎55 王亭之談斗數與玄空 王亭之著
56 常見病飲茶療法 譚 眞著
◎57 現代建築與風水 蔣匡文著
58 名廚滋補美食 陳 東著
59 新一代健康飲食 瑪麗連戴蒙著 CY譯
60 親親孩子心(三) 初 子著

* 即將出版　◇ 見芳草軒系列　◎ 見術數系列

61 法律傳訊站 毛錫強著

◎62 奇人奇事奇風水 正翁著 余無語編訂

◎63 風水八字考奇案 盧恆立著

◎64 洩漏天機 正翁著 余無語編訂

65 引人入性 蘭茜著

66 養生百忌 姚香雄著

67 香水蜜語——女人香 歐惠芳著

梁媽媽快樂家庭系列

1 Fit 到盡

2 辣到跳

3 兒童麵點

梁荔玲健康系列

1 十足靚女人

2 內在外在一百分

3 美容院內外

4 美容師實用英語——與美容問題百解

電視日報
勤+緣出版社 聯合出版

娛樂叢書

1 Top 星收入榜 宇文穎著

2 擁抱黎明 文晞著

3 眞情流露 文晞著

4 冷艷的背後—鞏俐 蒲莉著

5 鐵幕誘惑郭富城 彭令德著

6 笑看星色 馮美基著

經濟日報
勤+緣出版社 聯合出版

經濟日報叢書

1 高官厚錄 陳毓祥等訪問錄

2 力爭上游 姜趙玉蓮著

3 人生網絡 麥華章著

4 自強不息 姜趙玉蓮著

壹出版有限公司
勤+緣出版社 聯合出版

開卷一族叢書

1 壹盤生意 壹週刊主編

2 壹笑集 壹週刊主編

3 富豪密室 壹週刊主編

4 IQ挑戰站 壹週刊主編

5 事實與偏見 黎智英著

6 壹手興家 壹週刊主編

三思傳播有限公司
勤+緣出版社 聯合出版

資本家顧問叢書

1 世界華人富豪列傳

2 Forbes 華人富豪榜

3 世家大族

中信出版社
勤+緣出版社 聯合出版

中信企管系列

1 中國投資手册 初保泰著

2 中外合營投資效益分析 蒲明書著

3 中國投資稅收顧問 馬國賢 張華國 編著

4 防範貿易欺詐指南 孫丁傑著

5 怎樣開拓中國大陸市場 杜定平 張建平 主編

6 中國對外經濟貿易實務問答 汪堯田主編

7 中外合作經營企業 初保泰 董薇園 編著

8 中國股份制及證券交易實務問答 吳世亮 李書強 編著

9 中外合資經營企業的驗資與審計 錢鏘 張克 編著

10 中國企業與証券的資信評估 吳晶妹著

11 中國公司法實務問答 袁勝華 胡微波 鄭導 編著

香港管理專業協會
勤+緣出版社 聯合出版

香港管理專業協會叢書

①—④現代市場管理——

1 市場拓展策略

2 廣告策略

3 推銷管理策略

4 公共關係策略

5 辦公室行政策略

6 致勝投資錦囊

7 最新國內商業信札

8 保險實務基本法

9 管理心理學

＊ 即將出版

術數系列

1 風水新講場　宋韶光著
2 斗換星移說命運　戴添祥著
3 猴年運程　蔡興華著
4 靈測玄機　阿　樂著
5 鐵板神數趣談　阿　樂著
6 風水百答　宋韶光著
7 教你睇風水　正　翁著　余無語編訂
8 鷄年運程　蔡興華著
9 名人命理　盧恆立著
10 三元九運論風水　盧恆立著
11 命轉乾坤話風水　戴添祥著
12 四柱八字話名人　盧恆立著
13 家居好風水（合訂本）　宋韶光著
14 術數縱橫——揭鐵板、紫微、子平等秘奧　正　翁著　余無語編訂
15 王亭之談斗數與玄空　王亭之著
16 現代建築與風水　蔣匡文著
17 奇人奇事奇風水　正　翁著　余無語編訂
18 風水八字考奇案　盧恆立著
19 洩漏天機　正　翁著　余無語編訂
20 風水基本法　戴添祥著
21 術數揭秘　正　翁著　余無語編訂
22 十分鐘周易(一)　雷　鐸著
23 術數面面觀　正　翁著　余無語編訂
24 先天易　于東輝著
25 測命測字測風水　正　翁著　余無語編訂
26 教你改名　正　翁著　余無語編訂

芳草軒系列

1 居室風水
2 室內風水禁忌

投資企管系列

1 香港股票投資勝着　譚廣流著
■ 2 炒蚊股致勝術　思　敏著　古鎮煌編
3 股票入門　鄧曾瑞紛著
● 4 中國投資手册　初保泰著
■ 5 九十年代推銷術　燕　多著　古鎮煌編
■ 6 賺錢與花錢　古鎮煌著
■ 7 英國地產投資指南　燕　多著　古鎮煌編
8 小國投資創富　任枝明著
9 東歐投資先鋒　張志誠著
10 投資啓示錄　錢炳恩著
● 11 中外合營投資效益分析　蒲明書著
12 中國外銷樓盤大全　韋昌汶著
■ 13 外滙投資致勝術　思　敏著　古鎮煌編
● 14 中國投資稅收顧問　馬國賢　張華國編著
■ 15 錢眼看世界　思　敏著　古鎮煌編
16 開拓中國市場廣告促銷法　韋昌汶著
17 投資中國企業股秘笈　黃戴潔瑩著
18 開創銷售新路向　高培新著
19 私有產權的疑惑　黎偉聰著
20 中國熱門經濟開發區投資指南　商報資料組

古鎮煌系列

1 炒蚊股致勝術　思　敏著　古鎮煌編
2 九十年代推銷術　燕　多著　古鎮煌編
3 賺錢與花錢　古鎮煌著
4 英國地產投資指南　燕　多著　古鎮煌編
5 外滙投資致勝術　思　敏著　古鎮煌編
6 錢眼看世界　思　敏著　古鎮煌編
7 上班族投資指南　古鎮煌著
8 旅行者的故事　古鎮煌著
9 生活經濟學　古鎮煌著
10 辦公室政治概論　古鎮煌著
11 經濟生活放大鏡　古鎮煌著
12 精明消費者　古鎮煌著
13 藍籌股投資致勝術　思　敏著　古鎮煌編
14 期貨期權致勝之道　郭鎮楚著　古鎮煌編
15 九十年代炒股技術　古鎮煌著

名家系列

1 多雨　王　蒙著
2 男男女女　王安憶　張辛欣等著
3 小人物自述　老　舍著　舒　乙編
4 風過耳　劉心武著
5 冰心九旬文選　冰　心著

* 即將出版　■ 見古鎮煌系列　● 見中信企管系列

6 表姐 王蒙著
7 藍夜叉 劉心武著
8 裸雪 從維熙著
9 小販世家 陸文夫著
10 活佛 高澍著
11 柏克萊傳眞 陳若曦著
12 走出細雨濛濛 陳若曦著
13 關於女人 冰心著
14 關於男人 冰心著
15 老舍英文書信集 老舍著 舒悅譯註
16 說眞話的文學 巴金等著
17 情知不是伴 蔣子龍著
18 世故人情 張愛玲 賈平凹等著
19 空巢 從維熙著
○20 川端康成散文選 川端康成著
21 炮打雙燈 馮驥才著
22 殺星 劉心武著

名門望族系列

1 列根夫人與星象學 秋紅著
2 香港女富豪列傳 方曉雲著
3 富豪第二代 韋昌汶著
4 世紀婚姻和它們的結局 秋紅著
5 名人初戀故事 錢進 楊國慶編著
6 五十年代香港足球 區志賢著
7 港澳名人風采 王寅城等著

智慧系列

1 墨趣 謝宏中著
2 箴言精選(增訂版) 何文滙著
3 王子復仇記 何文滙著
4 論道德的起源 尼采著 周紅譯
5 藍田日暖 蔡炎培著
6 藝壇藝談 徐子雄著
7 軍人干政 蕭弘著

漫畫系列

1 六韜 王宣銘著
2 智囊 王宣銘著
3 三十六計 王宣銘著
4 黃石公三略 王宣銘著

散文系列

1 不甘寂寞 邵國華著
2 八方羣英 岑逸飛著
3 廣告高興坊 潘啓迪著
4 過眼雲烟 林洵著
5 兩談食性 王亭之 姚香雄著
6 倪震的心 倪震著
7 你不是我最好的朋友 鄭世安 林笠覓著
8 彷彿是昨天 黃霑著
9 妙不可言 朱維德著
10 奇聞異錄 可飛著
11 兩重腳跡 王亭之著
12 二水集 梁鳳儀 舒非著 林洵
13 外交趣聞 徐行舟編著
14 芳草遍地 陳佐洱著
15 曠古的印記 彥火著
16 龍景集 黃英琦著
17 遊踪寄語 吳康民著
18 潘虹獨語 潘虹著
19 笑看人生 馮美基著
20 龍 余心言著
20 雜絮人生 蔣麗芸著

世紀末趣智系列

1 警告男男女女 周洪著
2 九七年前—大陸財路 周洪著
3 警告夫妻 周洪著
4 九七年前—大陸私情 周洪著

世界翻譯叢書

1 情牽一線 芭芭拉卡特蘭著
2 仙人掌下的戀曲 芭芭拉卡特蘭著
3 戀戀落日城 芭芭拉卡特蘭著
4 愛在浪漫之鄉 芭芭拉卡特蘭著
5 假夢眞情 芭芭拉卡特蘭著

電影電視小說系列

1 昨夜長風 梁鳳儀著
2 夜半歌聲 木青著
3 我要活下去 梁鳳儀著
4 花幟 梁鳳儀著
5 97家有喜事 黃百鳴 谷德昭著
6 抱擁朝陽 梁鳳儀著

* 即將出版　○ 與百花文藝出版社聯合出版

梁鳳儀散文系列

1 財來自有方
2 誰可叮嚀
3 再戰江湖
4 不記當年
5 心想事成
6 勝者爲王
7 一言驚醒夢中人
8 行政秘笈
9 這就是梁鳳儀
10 在商言商
11 海峽兩岸的梁鳳儀
12 辦公室手册
13 先下手爲強
14 人人有淚不輕彈
15 有錢萬事足
16 梁鳳儀談情——散文精選
17 強中自有強中手
18 明天會更好
19 勇者無敵
20 萬綠叢中一點紅
21 我結婚了
22 女性當自強——散文精選
*23 梁鳳儀談生意——散文精選
*24 大男人與小女人

梁鳳儀財經小說系列

1 醉紅塵
2 九重恩怨
3 花魁劫
4 信是有緣
5 鎖清秋
6 惆悵還依舊
7 飛越滄桑
8 異邦紅葉夢
9 笑春風
△10 昨夜長風
11 誓不言悔
12 激情三百日
△13 花幟
14 強人淚
15 今晨無淚
△16 誰憐落日
△17 抱擁朝陽
18 紅塵無淚
19 世紀末的童話
20 洒金箋
21 裸情恨
22 心濤
23 大家族
24 當時已惘然
25 殺戮情緣
26 情霸天下
27 又見深秋
28 弄雪
△29 我要活下去
30 歸航之日落紫禁城
31 歸航之西風逐晚霞
32 歸航之籬下的歲月
33 歸航之滄波萬里風
34 歸航之深情似往時
35 歸航之衝上九重天
*36 曇戀
*37 天債
*38 有鳳來儀
*39 大風暴
*40 還我公平
*41 灑藍天
*42 夢蝶記
*43 今夕門煙花
*44 好女十八嫁
*45 一代大亨
*46 焚情錄
*47 尋夢園
*48 愛你在明天
*49 無情海峽有情天
*50 千億個吻
*51 衝上雲霄
*52 峰火柔情
*53 太陽浴血記
*54 名城血淚
*55 錯愛
*56 剪夢
*57 禁止狂戀

梁鳳儀實用工具叢書

1 商場致勝法寶
2 小本經營大禁忌
3 秘書必讀
4 打工仔通勝
5 節約時間妙方
6 外快路路通
7 如何賺女人錢
8 小富由儉基本法
9 做個有魅力的女人
10 如何成爲老闆的寵兒
11 一本萬利錦囊
12 曉做事不如曉做人
13 無往不利公關術
14 如何戰勝自己
15 女性如何面對壓力
16 如何善待下屬
17 行政管理藝術
18 辦公室工作指南
19 做個成功的職業女性

梁鳳儀作品漫畫系列

1 男女有別

* 即將出版　　△ 見電影電視小說系列

親愛的讀者們：

希望你們會喜歡勤＋緣出版社的書籍。我們努力從事出版事業，若要有理想成績，必須獲得你們的支持、指導和勉勵！

尊重讀者的意見是我們工作的宗旨，因爲沒有你們的關懷，我們不可能進步。懇請你們把以下的表格塡寫，剪寄：香港鰂魚涌華蘭路 14 號益新工業大廈 18 樓 A 座，勤＋緣出版社收。

我們也會定期跟讀者保持聯絡，向你們報導有關本港暢銷書的出版情況、勤＋緣出版社的新書以及聯同屈臣氏書店或香港各大書店舉辦的讀者活動。敬祝

身心愉快！

梁鳳儀

一九九六年一月一日

- ✂ - - -

敬請讀者塡寫以下表格（請以英文正楷塡寫）
逕寄：香港鰂魚涌華蘭路14號益新工業大廈18樓A座勤＋緣出版社收

姓名：＿＿＿＿＿＿＿＿＿＿＿＿＿＿＿＿
性別：＿＿＿＿＿＿＿＿ 年齡：＿＿＿＿＿＿＿＿
地址：＿＿＿＿＿＿＿＿＿＿＿＿＿＿＿＿
＿＿＿＿＿＿＿＿＿＿＿＿＿＿＿＿
電話：（公司）＿＿＿＿＿＿＿＿＿＿＿＿
（住宅）＿＿＿＿＿＿＿＿＿＿＿＿
傳眞號碼：＿＿＿＿＿＿＿＿＿＿＿＿＿＿
意見：＿＿＿＿＿＿＿＿＿＿＿＿＿＿＿＿
＿＿＿＿＿＿＿＿＿＿＿＿＿＿＿＿

勤＋緣出版社